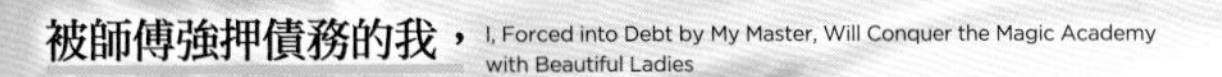

被師傅強押債務的我，和美女千金們在魔術學園大開無雙。

I, Forced into Debt by My Master, Will Conquer the Magic Academy with Beautiful Ladies

Volume. 2

雨音恵

Illustration

夕薙

MEGUMI AMANE

YUNAGI

Kadokawa Fantastic Novels

My Master,

c Academy

KINGDOM OF RASBATE

Volume 2

Contents

I, Forced into Debt by
Master, Will Conquer the Magic Academy
with Beautiful Ladies

「嗯……盧克斯……」

I, Forced into Debt by My Master, Will Conquer the Magic Academy with Beautiful Ladies

Volume.

2

雨音恵

Illustration

夕薙

MEGUMI AMANE

YUNAGI

KINGDOM OF RASBATE

被師傅強押債務的我，和美女千金們在魔術學園大開無雙。

I, Forced into Debt by My Master, Will Conquer the Magic Academy with Beautiful Ladies

Kadokawa Fantastic Novels

序章

「王都到底發生了什麼事……」

在一如往常安穩且平和的傍晚時分，突然被逼入絕望的深淵，是在約十幾分鐘前的時候。

猶如圍繞東西南北般出現的四隻巨大獵狼王。那無底的暗色眼珠令王都的居民皆為之戰慄。

「亞爾奎娜殿下，就算還在王城內，待在房間太危險了。我們先前往安全的場所避難吧。」

「……也對。」

名為亞爾奎娜的櫻色頭髮少女聽從女僕的建議，一度閉眼後離開窗邊。

對於喜愛從此處眺望風景的少女而言，是個艱難的決定，然而在不曉得巨獸們何時會行動的情況中，除了聽從以外別無他法。

「亞爾奎娜殿下，我明白您的想法，不過沒事的。剛才聽說包含【亞樹爾騎士】在內的魔術師團的成員似乎會立即出動。因此肯定很快就會解除危機！」

「……似乎必須先矯正妳那偷聽的壞習慣呢。」

「哎呀……有那麼嚴重嗎？欸嘿嘿。」

儘管身處緊急狀況也浮現柔和笑容的女僕令亞爾奎娜感到頭疼，也打算前往指定為避難場所的謁見廳時，門反而用力打開了。

「太好了！公主殿下您還在這裡呢！」

「啊，古菈蒂亞小姐！我剛好要出門，有事嗎？」

搖晃著掛在腰部的配劍走進房間的，是身穿純白外套的高大女子。她的額頭滲出薄汗，呼吸也有些紊亂。

她是無英雄的王國中屈指可數的魔術師，自亞爾奎娜孩提時期便擔任其護衛。

「還問怎麼了？王都明明陷入前所未見的危機，您怎麼還那麼悠哉地放鬆？」

「我可沒有在放鬆喔？只不過是身為公主在擔心王都的未來罷了。」

「公主殿下的想法很了不起，但請優先顧好您本身的安全。」

古菈蒂亞拉著以得意的神情找藉口的亞爾奎娜，快步走出房間。女僕跟在她們的身後，但——

「啊，對了！前往陛下身邊以前，有件事情必須確認一下！」

「……公主殿下，請自重點，現在可沒有空玩耍喔？」

「真沒禮貌呢。我可沒有在玩耍喔，古菈蒂亞小姐。況且這是一定得確認的重要事項——女僕小姐，妳是什麼人？」

「……咦？您在說什麼，亞爾奎娜殿下？我是亞爾奎娜殿下的專屬女僕——」

「妳瞧不起人嗎？別看我這樣，我還挺擅長記住人名和長相。所以再問一次。妳是什麼人？」

亞爾奎娜以滿面笑容打斷回答，不過她的眼眸帶著絕不允許搪塞的壓力。

「……乖乖回答公主殿下的問題。」

古菈蒂亞以帶著殺氣的聲音說道，為了根據回答隨時可以拔劍，她把手放在腰部的劍上，擺好架式。

「真是的……不愧是公主殿下。原本以為很順利，沒想到被您察覺了。」

女僕重重嘆氣並聳肩。她收起笑容，如瀑布般的殺氣取而代之地從身體往外散發。

古菈蒂亞把亞爾奎娜保護在身後往前一站，拔劍出鞘。

「王室親衛隊隊長古菈蒂亞・拜賽。妳總有一天會礙事。就在這裡把妳和公主友好地送上西天吧。」

猙獰地揚起嘴角，同時彈響指頭，身穿黑色長袍的可疑集團陸續憑空出現。

「難道……你們是終焉教團嗎？為什麼會在王城內？如何闖進來的？」

「我沒義務回答接下來會死在這裡的人們哦。為了吾等的創星，請乖乖受死吧。」

第1話　魔術學園的日常生活

拉斯貝特王立魔術學園的室內鬥技場，今天肩負起下一代的魔術師雛鳥們也在互相鍛鍊彼此的身手。我——盧克斯．魯拉也是其中一人。

「喂喂喂！露比蒂雅，妳不曉得什麼叫做手下留情嗎？」

雷歐發出摻雜錯愕的怒吼聲迴響在鬥技場上。他分明擁有精實的身體，卻死命地四處逃跑的模樣實在難堪。不過那並非他很弱小或者膽小。考量到對手，甚至令人產生同情的念頭。

「我當然不會手下留情！『無論何時何地都要優雅地全力以赴』正是維尼艾拉家的家訓。我的心一直都常駐在戰場上！」

露比如此宏亮地大喊，她是緹亞的競爭對手，外號為「鐵拳聖女」。儘管沒有手持武器，纏繞著魔力的拳頭以肉眼追不上的連擊，用暴風形容也不為過。要是碰上這招，可能一秒也撐不住吧。

「可惡啊！就是這樣我才不想對上腦袋裝肌肉的聖女大人啦！」

「你又喚我那個外號了呢！絕對不原諒喔！做好心理準備吧！」

露比如此大吼，讓怒火隨著魔力繚繞全身。學生們因鬥技場上狂亂吹拂的狂風壓力感到錯愕。不難想像近距離面臨的雷歐的心境。

「哈哈哈……說真的，饒了我吧。為什麼會遇到這種事……盧克斯，可以代替我和露比蒂雅戰鬥嗎？」

雖然雷歐額頭不斷流下冷汗朝我搭話，但不同於軟弱的發言，他的嘴角愉悅地向上揚起。

「雷歐，你說的話和想法並不一致喔。根本樂在其中吧？」

雖然沒有列入可代表拉斯貝特王國的四大魔術名門，露比也是階級相當的維尼艾拉家下任當家。她的實力與四家首席、被譽為世代最強的緹亞不分上下。

「畢竟原本就想和她交手看看嘛。話雖如此，沒想到這麼難對付啦。唉……真是受夠了。」

「不對，會變成這樣，是因為雷歐一再說了禁句吧？」

我苦笑，朝著刻意聳肩的雷歐回話。儘管鐵拳聖女這個外號如實表達露比開朗又快活的個性，但對她而言似乎只是個不光彩的外號。因此——

「呵呵呵，稱我為鐵拳聖女的人不論何方神聖，我會統統打得鼻青臉腫。」

露比笑著說出可怕的準則。第一次可以原諒，第二次就不會放過。若非如此，入學典禮時雷歐老早就被打得鼻青臉腫了吧？

「所以說，雷歐尼達斯，你要好好改過自新。沒關係，不會痛的。」

「不對不對。不管怎麼看，妳都一副想弄痛人的神情啊！說的話和接下來做的事要一致啦，大小姐？」

「雷歐尼達斯嘴上這麼說，卻鬥志高昂呀。機會難得，就讓我來試試哈瓦家頑皮鬼的身手吧。」

露比原本狂亂吹拂的魔力平靜下來的剎那間，雙方同時行動了。面對把魔術及鍛鍊極致的肉體和戰技當作武器的露比，雷歐絲毫沒有膽怯，正面迎擊。

「維尼艾拉流戰技『猛虎震腳』！」

「大地啊，化為守護吾身的盾牌『大地・障壁』！」

雷歐用地屬性魔術喚出的障壁，擋下露比劃開空氣、纏繞雷電的腳刀。不過雷屬性剋制地屬性，因此原本堅不可摧的土牆有如脆弱的黏土牆遭快速突破。然而——

「大地啊，化為子彈貫穿敵人『大地・子彈』！」

不逃跑也不閃躲露比的戰技，而是正面迎擊的雷歐真正的目的，似乎是確實讓攻擊命中。

縱使高風險，倘若能在近距離使岩塊命中，也能給予不小的傷害吧？只不過，這在對手的實力普通的情況才適用。

「太天真了！冰雪啊，凍結『寒冰・結霜』！」

岩彈隨著空氣逐漸變白、凍結。在先發動的人壓倒性有利的魔術戰當中，後出的猜拳原本不適用，但凡事都有例外。

譬如剛才那種發動時所需的咒文字數比對手還少的情況。如此一來，即使比對手慢一步開始詠唱，依舊會同時發動。接著假如彼此抗衡，更為精湛的魔術會獲勝。

「可惡！蓋過我的魔術也太卑鄙了吧？」

雷歐不禁吼出夾雜咒罵與慘叫的感想。他釋放的岩彈遭到露比的寒氣抵消，也莫可奈何。

「我就當作稱讚接受了。回禮使用這一招——維尼艾拉流戰技『龍火崩擊』！」

露比舉高寄宿火焰的右拳，襲向雷歐。面對可稱為必殺的一擊，雷歐立刻往後方一躍並交錯雙手擋下招式，卻無法抵消力道，被打到鬥技場另一頭的牆壁上，大量塵煙飛舞。等煙霧散開時，被害人雷歐已呈現大字形倒地不起了。

「嗚哇……連雷歐尼達斯面對露比蒂雅同學也無計可施呢。話說他還活著嗎？」

「不過對上露比蒂雅同學還奮戰一場，雷歐尼達斯也夠厲害了。如果由我來，第一道攻擊就死定了。」

「不愧是不輸給四大魔術名門的維尼艾拉家的千金呢。」

「喂喂……雷歐那傢伙還活著嗎？」

周圍傳來同班同學擔憂的聲音。儘管我也正在進行模擬戰，看見友人如同破抹布遭打飛的模樣，實在無法不擔心。

在攻防中雙方表現都很精彩，沒想到露比竟然如此強大。不愧是緹亞的競爭對手。

「竟然擔心別人，盧克斯，你還挺悠哉的呢！」

我置身事外般思考時，眼前的緹亞額冒青筋，拔劍朝我砍來。我垂直劈開那踩著迅疾步伐釋放的風，在千鈞一髮之際擋下，與擁有同屆首席的實力及才華的美女對峙。

「我一點都不悠哉喔？只不過雷歐實在既滑稽又可憐，所以很在意罷了。」

所以希望妳能壓抑違背不奪命的課程忠旨的殺氣。至少讓惹人憐愛的笑容與感情一致啊。

「呵呵，我沒生氣喔？並沒有因為你在和我交手途中顧慮露比的事情而嫉妒喔？」

「啊……是我不好。我道歉，妳先冷靜一下吧？除了我們，其他同學也在這裡，盡全力施展魔術不太好——」

「才不管你！雷鳴啊，化為槍矛奔馳『雷電．槍矛』。」

緹亞發動詠唱的雷屬性魔術的咒文，一道紫電欲貫穿我的心臟射來。我用木劍擋下後沒有架開它，而是踩著最小限度的步伐躲避以後，踏出反擊的一步。然而——

「火焰與風啊，化為子彈狂亂炸裂『鬼火．疾風．火焰彈』！」

深紅與深綠的子彈飄浮在半空中。同時發動相反的火與風魔術的「多重詠唱」，是與省略咒文本身的「無詠唱」同等的高超技術。沒想到緹亞竟然已經學會了。

「緹亞，那不是適合在課堂中展現的魔術耶？」

「要讓盧克斯瞧瞧我時常有所成長！去吧！」

緹亞一個號令，火與風的子彈一齊射過來。而且並非只是同時逼近。如同大自然中受風吹拂，火勢便會增強，在風之子彈的影響，周圍的火焰子彈體積變得大上一倍。縱使躲開，也無法逃離子彈落地後的衝擊波。那麼我能採取的選擇是——

「阿斯特萊亞流戰技『水明之白雨（開耶姬）』。」

深呼吸以後，快速往上一揮木劍。從劍端湧出清流化為障壁，悉數擋下襲來的火風子彈。接下來輪到我反擊了。

「雷鳴啊，奔馳『雷電．射擊』。」

紫電奔馳，貫穿水牆。我不認為這種水準（第一階梯）的魔術能起任何作用。緹亞自然用劍架開雷擊，朝我這裡直衝而來，我的目標是下一招。

「阿斯特萊亞流戰技『天灰之忌火（Hephaestus）』。」

水的下一招用火。從橫掃的木劍竄出將森羅萬象燃燒殆盡的業火。假如魯莽地衝過來，演習就結束了，但事情沒那麼順利。緹亞冷靜深吸一口氣後，揮下高舉的劍。

「阿斯特萊亞流戰技『水明之虎雨（Neptune）』。」

從緹亞的木劍湧現的浪潮與我的烈焰正面衝突，產生足以籠罩整個鬥技場的白煙。遠處傳來羅伊德老師「你們兩個都做得太過火了！」的怒吼。

先別管這個。由於視野不佳，我完全跟丟了緹亞的身影。她高超地隱藏身影，就算

想用氣息及魔力搜尋也很困難。如此一來，接下來最應該採取的行動，便是從正面接下她的奇襲。

我擺好拔刀術的架式，稍微沉下腰擺好架式並集中精神，等待緹亞施展攻擊的那一刻。配合她出招展開攻擊，打下那神速的一擊。

「阿斯特萊亞流戰技『天津之狂風（Auster）』。」

從背後傳來清亮的聲音，疾風的三叉戟劈開煙霧，朝我射來。那瞬間我尋思該迴避還是迎擊，接著把注入木劍的魔力化為波動擊出，與緹亞的戰技相互抵消。

「盧克斯，我贏了喔。」

緹亞帶著確信獲勝的聲音再次從背後傳來。剛才的風刃果不其然是陷阱。一切都是為了製造機會，用阿斯特萊亞流戰技的步行術「瞬散」瞄準我鬆懈時機的布局。與在王都的小巷內首次交手時，宛如脫胎換骨般的戰鬥方式，讓我在內心發出感嘆的嘆息。即使如此——

「太天真了，緹亞。」

木劍繞到背後，擋下必勝的一擊，隨即轉身架開。接下來朝她稍微失去平衡的身體趁勝追擊地踢了一腳。我不留情地用木劍指著發出可愛聲音並跌坐在地的緹亞。

「嗚……盧克斯壞心眼。稍微手下留情，讓人家贏一場又不會怎麼樣，你太無情了啦。」

緹亞鼓起臉頰鬧彆扭。假設我放水，甘願被最後一擊打倒後投降，她才會氣得搥胸頓足吧？也就是說不論我做了何種選擇，都無法避開緹亞不開心的結局。

「唉，該怎麼說，真可惜呢。如果妳最後一招使出戰技，或許我就不會贏了喔。」

「確實是這樣，但如果要用戰技會有空檔。和盧克斯過招時，那麼做太危險了。」

「……或許吧。」

「嗚……盧克斯毫無慈悲、魔鬼、沒出息！澈頭澈尾都不手下留情！」

緹亞淚眼汪汪地大喊。她罵得有夠狠，我邊苦笑邊搔了搔臉頰。只不過在模擬戰獲勝，沒想到會被罵成這樣。然而要嘆氣等之後再說。我別過臉，沉默地朝她伸出手。

「謝謝你，盧克斯。不過為什麼要移開目光呢？」

緹亞握住我的手，不解地歪頭詢問。看來這位大小姐還不清楚自己現在呈現什麼樣的姿勢。這種時候最好如實傳達。

「緹亞，別抱怨，快點站起來啊。還是說妳有向男士展示不檢點模樣的興趣呢？」

「露比在說什麼呀？我怎麼有那種——唔！」

那種興趣。緹亞話還沒說完，終於察覺現在自己的狀態——由於跌坐在地，雙腳大開，因此能一眼看見裙子底下的祕寶（內褲）。如果亞邁傑在場肯定會當場昏倒吧？

「真是的……要展現是無所謂，至少挑一下時間和場合。那種樣子，讓人很快就會厭倦喔？」

「我、我沒有想讓人看啊？說起來，要給盧克斯看就要在兩人私下相處時——妳害我說了什麼啦！」

「好啦好啦。在找藉口前，快握住盧克斯的手站起來。如果想展現性感內衣——」

「我並沒有想展現！請不要說那種奇怪的話！」

「露比這個笨蛋！」緹亞紅著臉如此抱怨，握住我的手站起來。當我感到一股難以言喻的尷尬時，她的矛頭終於對準我。

「……盧克斯看見了嗎？」

「啊……看、看見什麼？」

雖然明白她的意思為何，以防萬一還是嘗試詢問。接著約雷納斯家的千金以比模擬戰時殺氣更重的帶淚眼神投向我。臉就像一顆熟透的蘋果。

「請不要用問題回答問題！盧克斯看見了嗎？看見了吧？不小心看見了吧？」

「……對。」

假如我老實說出看得清清楚楚，她肯定會氣到怒火中燒，因此選擇含糊回應。然而令人傷心的是，她似乎看穿我的想法了。

「嗚……盧克斯這個笨蛋！請忘記今天看見的顏色！」

拜託你，緹亞揪住我的領子苦苦請求。不過我無法答應。暫時忘不了那同時兼具可愛與性感的純白底碎花圖案的蕾絲內褲吧。

＊＊＊＊＊

「唉……之後還要上課嗎？這一天真難受。」

羅伊德老師的魔術戰鬥課結束，現在是午休時間。我們一如往常來到食堂用午餐。

「是啊……就只有今天，我想立刻回到宿舍躲進棉被裡逃避現實。」

在模擬戰中肉體遭受重大傷害的雷歐，與精神遭受致命打擊的緹亞趴在桌上，一邊吐出沉重的嘆息一邊呢喃。

「真是的，緹亞，只不過被看見內褲，別那麼沮喪啦。雷歐尼達斯也不要繼續頹喪

了，快打起精神來！」

「露比才不了解不小心被盧克斯看見的並非性感內衣的我的心情啦。」

「喂喂，妳以為身體每個地方又痛又沉重，是誰造成的啊？」

露比喝斥又激勵，對現在的兩人反而是反效果。不曉得第幾次重重嘆氣以後，身體靠在桌子上。先別管緹亞，雷歐想說的話我明白。

他腹部吃了一記拳頭以後，別說失去意識，還站了起來。因此在羅伊德老師介入以前還在繼續打模擬戰。如果當場失去意識或者棄權，就不會影響到午後的課程了。

「如果這種時候艾瑪克蘿芙老師在就好了，為什麼突然辭職了……」

雷歐被露比打得鼻青臉腫，治療他的是代替艾瑪克蘿芙老師新赴任的治癒魔術師，不過那是名渾身肌肉的男人，才是雷歐心死的主因。附帶一提，據說得知那個人負責西班的班導與魔術歷史課的課程時，男學生們紛紛發出哀號。

艾瑪克蘿芙老師突然離開學園後，很快就過了一個月。她是王都與學園的恐怖攻擊與綁架事件的主謀，抑是拉斯貝特王國建國以來的仇敵——終焉教團成員，不過只有少數人知道這件事情。

「哎……竟然一直掛念已經辭職的老師，真是糾纏不休的男人。看這情況，會擔心

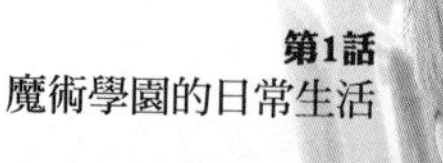

下個月的魔導新人祭啊……盧克斯，就靠你了喔。」

露比扶著額頭唉聲嘆氣。

「魔導新人祭？」

我對沒聽過的詞彙有所反應後，緹亞和雷歐抬起頭，浮現不可置信的驚愕表情。

「我說緹亞，難道妳在入學前不曾向盧克斯提過魔導新人祭的事情嗎？」

「我、我原本想等有空以後再說明這種活動……應該說就算想說明，也忙著和校長戰鬥或入學典禮，沒有那種空閒啊。」

緹亞傻笑。與她邂逅以後，直到入學為止確實過得匆匆忙忙，因此也沒閒暇詢問學園舉辦的活動。

「所謂魔導祭，是每年舉辦四次的魔術競技比賽。每個年級都會舉辦。其內容從個人戰到以班級為單位的團體戰，還有跨班級組隊的生存戰，種類繁多。」

「會有許多觀眾到場觀看，國家的機要及魔術師團的招募顧問也會前來視察，因此每年都熱鬧非凡喔！」

「那是一種祭典喔。」打起精神的雷歐眼神帶著熱情說明。另外，魔術師團的招募顧問當中，似乎也有王國最強部隊【亞榭爾騎士】的人。

附帶一提，把債務推給我後行蹤不明的垃圾師傅，過去也曾短期擔任那個組織的隊長，在街頭巷尾中被譽為「龍傑的英雄」，令我大吃一驚。那種無可救藥的男人是雷歐憧憬的對象，又更加震驚。

「況且今年的新生可是四大魔術名門齊聚一堂的奇蹟世代。無論有何規則，如果被選為代表，我是不會輸的！」

露比握拳，早就鬥志滿滿。雷歐也罕見地點頭同意，緹亞則是浮現傷腦筋的笑容。

所謂四大魔術名門，是代表拉斯貝特王國的貴族，抑是學園四個班級的創立者。

東之約雷納斯。

西之埃亞迪爾。

南之亞雷斯馬茲。

北之梅爾克里歐。

四家現在的首席是緹亞的約雷納斯家，擁有火、水、風、土四種屬性資質的她被喻為同屆最強。雖為雜談，過去也曾有列入露比的維尼艾拉家，稱為五大家的時期。

「每次都由【神諭的水晶球】制定規則，不過假如緹亞莉絲同學、露比蒂雅、盧克斯出場，比賽或許就一面倒了。」

「我很想說沒有錯，然而事情沒有那麼單純。先不管西班的亞邁傑，北班與南班的兩人都是強敵。」

兩人提到的亞邁傑是西班埃亞迪爾家的長男。儘管與緹亞相比多少遜色一些，他擅長操控風屬性魔術，是習慣實戰的優秀魔術師，這是我和他交手過並一起戰鬥的感想。

「欸，緹亞。那個北班與南班的四家是什麼樣的人？兩人厲害到需要戒備嗎？」

「……很強喔。尤其是北班的薇奧拉．梅爾克里歐同學擁有水與冰雙重屬性，論魔術的才華居我之上。況且據傳聞她擁有魔眼，只不過身體虛弱，因此不太外出露面。」

「原來如此……如果妳說得沒錯，那確實擁有驚人的才華呢。」

光讓緹亞說明才華高於自己，就已是不容小覷的人物，倘若說她是魔眼持有者，那就說得通了。一想到如果身體不虛弱便令人畏懼，所謂神明真是有夠壞心眼。

魔眼——在某種意義上，比擁有多個魔術屬性更稀有的能力。

垃圾師傅說明過，所謂魔眼是藉由「凝視」對象而發動的能力。也就是說當看見的時候，就能讓世界的森羅萬象產生變化，據說最接近神明擁有的力量。其中也有能預知未來的魔眼。

「經妳這麼一說，梅爾克里歐的千金沒有出席入學典禮呢。」

雷歐像是突然回憶起來，一邊把盤子裡的炒飯放入嘴內一邊說道。摯友的模樣令人傻眼地嘆氣，露比也繼續說明下去。

「先別管那個討人厭的女人。南班的蘿蒂雅・亞雷斯馬茲擁有火與雷的資質，是個喜愛穿男裝的怪人。只不過她的實力無庸置疑。雖然不甘心，她魔術格鬥的技能比我高超一點、一點點、些微。」

露比不甘心地咬緊牙關，表情扭曲。原來如此，看來四大魔術名門的千金們比料想得更加才華洋溢。

可是若是如此，拉斯貝特王國的未來就安泰了吧？不過如此一想，只擁有風屬性的亞邁傑有點可憐呢。

「附帶一提，以我們這種普通人的基準思考，亞邁傑已經十分強大了喔？是輕輕鬆鬆打倒他的盧克斯太奇怪了呢？」

雷歐察覺我的想法了。

「——你們似乎在別人背後暢所欲言呢。誰在四家之中輸人一截啊？」

說人人到。大家談論的亞邁傑額頭上浮現青筋，掛著奇妙的笑容來到我們身邊。

「冷靜點啦，亞邁傑。沒有人說你在四家之中輸人一截，我剛好在圓場說只是盧克

斯太異常，你已經夠強了喔？」

「哼，當時我只不過有點大意罷了，況且雖然是決鬥，也是課程，因此沒有拿出真本事。如果再打一次，我會贏的！」

亞邁傑如此表示，投向我的視線含有令人舒適的殺氣。那確實是作為課程的一環舉行的決鬥，因此沒有拿出真本事不見得是謊言吧？一起戰鬥的時候，他釋放的魔術訴說了一切。

「另外我想鄭重聲明，埃亞迪爾家的魔術屬性代代必定是單一風屬性。因此我並沒有比緹亞莉絲同學等人還差勁。」

「嗯，就說冷靜一點啦。我明白那種想在最喜歡的人面前耍帥的想法，不過沒有人在說你輸人一截啦！」

雷歐苦笑，拍了拍亞邁傑的肩膀。

「你說誰誰誰、誰在緹亞莉絲同學面前耍帥啦！我只不過是在陳述事實，絕對沒有那種想法……緹亞莉絲同學，不是這樣的！請不要把這種人的話當真！」

滿臉通紅的亞邁傑嘴快說道，不過那樣會變成認同雷歐的話，反而是反效果喔。如果我這麼指責只是火上加油，因此保持沉默。

「盧克斯……你也在想沒禮貌的事情吧？都寫在臉上嘍！」

「亞邁傑，你想太多了。我沒有誤會，放心吧。」

「找藉口可不像個男人喔。你深深迷戀著緹亞可是有名到幾乎無人不知、無人不曉喔？事到如今怎麼可能有人誤會呢？」

露比一臉錯愕使出的一擊讓我的顧慮無用武之地。被說重的亞邁傑發出如青蛙壓扁般的呻吟聲，膝蓋跪地，雷歐則摩娑他的背部幫忙打氣。

「請放心吧。沒有人認為亞邁傑同學在四家之中輸人一截喔。歸根究柢，埃亞迪爾家只擁有風屬性，不是有理由的嗎？」

「有理由嗎？」

師傅說過。魔術屬性的多寡取決於雙親的遺傳，不過其中也有反祖現象或星球的心血來潮而在出生時擁有無關乎血統的屬性。然而看來埃爾迪亞家沒有讓那種例外介入的餘地。

「我的祖先曾經和神明締結契約喔。契約是放棄風屬性以外的屬性資質，以獲得一子相傳的固有魔術。」

「不曉得是否為真啦。」亞邁傑聳肩，如此補充說明。與神明契約像在胡說八道，看來這也不是在說謊吧。

順道一提，據說一子相傳的魔術是禁止外傳的超高等術式，以通常的魔術階梯比喻是超過八的強度，無一例外都是強大的魔術。其中似乎也有只憑一招就能夠顛覆戰況的魔術。

「亞邁傑同學在歷代家族之中，是最快學會那種魔術的吧？」

「沒、沒錯！雖然還不到能在實戰用的階段，不過隨時都能發動喔！」

如果他有長尾巴，早就在高速搖擺了吧？我了解他聽見稱讚無比開心，不過內心卻吐槽還是別隨時能發動，同時感嘆地嘆了口氣。

縱使仍無法運用在實戰上，既然已經學得一二，亞邁傑也是不輸給緹亞的天才，屬於才華洋溢的人。倘若能自在運用，將成為名留青史的魔術師吧？

「好了好了，四大名門的話題先聊到這裡。已經簡單說明過魔導祭，還有不懂的地方嗎？」

露比「啪啪」地拍手，把走偏的話題拉回來。我已曉得魔導祭是影響未來的一大活動，因此很在意一件事情。

「有……所有人都能參加這個魔導祭嗎？」

「不能，很遺憾地無論採用何種形式，並非所有人都可以參加。一切都由安卜羅茲校長製作的魔導具【神諭的水晶球】安排。」

「補充一點，除了參加人員，連競技和各隊伍也都是由【神諭的水晶球】安排。雷歐，如果分到同一個隊伍，請千萬不要扯我的後腿喔？」

要用校長製作的、判定我沒有合適班級的那個魔導具嗎？如果選上我，希望這次能仔細判斷。

「好啦，我會努力喔！就算想這麼說，首先要被選為代表才行。到時候就請多多指教啦，亞邁傑。」

雷歐如此說道並伸出拳頭，亞邁傑哼了一聲後與他碰拳。千金們雙眼圓睜看著他們奇妙的互動。

看似不合的雷歐與亞邁傑之間萌生超越友情的情誼，是因為前陣子學園襲擊事件中聯手戰鬥。

或許因為兩人都在那場戰鬥中束手無策而感到後悔，放學後兩人開始一起鍛鍊。畢竟垃圾師傅也說過，有時敗北亦為變強的契機呢。

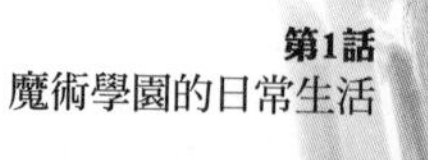

「沒想到雷歐尼達斯和亞邁傑處得這麼融洽。真是不可思議。」

「這就是所謂男人的友情吧？雖然無法理解，不過切磋琢磨是件好事。我們也不會輸的喔。」

聽見露比的話，緹亞也浮現無懼的笑容肯定地回應。我也得努力才不會被拋下。

「話說回來，盧克斯。你想和誰一起組隊戰鬥嗎？」

「我嗎？說起來我不見得會選上——」

「如果盧克斯沒有選上，我也不會選上喔？」

「我贊成緹亞。憑盧克斯的實力肯定會選上喔。」

「盧克斯，你最好知道，太謙虛有時還挺惹人厭喔。」

由於緹亞、露比和亞邁傑三人正面否定，我便無可奈何地回答問題。

「我想想喔……畢竟機會難得，和不認識的人組隊也挺有意思的，不過如果要進行隊伍戰，首選隊友還是緹亞吧？我們已經交手好幾次，也掌握彼此使用的魔術和戰技，合作起來默契極佳。」

我當然也想和緹亞分到不同隊伍，認真決一勝負。應該說這樣分組，比賽或許會很有意思。

「哦，盧克斯也選擇緹亞莉絲同學嗎？可以和熟悉彼此的人組隊就好了呢！」

由於亞邁傑正緊緊咬牙、狠瞪著我，不要用那種會令人產生誤解的說法好嗎？

「盧克斯說得沒錯呢。和其他班級的學生組隊也不錯。不過就我個人而言，想和盧克斯聯手戰鬥喲。然後打倒不同隊的緹亞等人，在魔導新人祭取得榮耀的勝利！」

露比堅定地表示，並緊握住我的手。我努力不去注視在眼前晃動的兩顆果實。

「露比，到時候就拜託妳嘍。」

「呵呵呵。盧克斯，是我要拜託你哦。不過萬一我們變成敵人，屆時我不會手下留情，可別怪我。」

「沒問題。我也不會手下留情，妳要做好心理準備喔？」

在勝負當中，就算是今天這種模擬戰也不會放水，正是露比的優點。與她成為隊友或者分到不同隊伍，一定都能讓魔導新人祭的氣氛炒得更熱烈吧？只不過前提是我被選為代表啦。

「唔……盧克斯這個笨蛋。花心大蘿蔔。明明有我這個師妹還鍾情於露比，太過分了！」

緹亞鼓起臉頰的同時敲著桌子道出奇妙的抗議，可是抗議也要有限度喔。還有嚴格來說，她並沒有被我的垃圾師傅認可為徒弟，因此並非我的師妹。

「喂，盧克斯！如果惹緹亞莉絲同學哭泣，我可不會放過你喔！而且想和緹亞莉絲同學同一隊的不只有你而已哦！要思考後再開口啊！」

亞邁傑同學，我可沒說過想和緹亞不同隊，你的抗議無效喔。

「我覺得緹亞莉絲同學也可以更積極地進攻。說起來露比蒂雅才當不成情敵吧？那傢伙腦袋裝肌肉啊。」

「雷歐尼達斯，你就這麼想和我鍛鍊嗎？我當然無所謂喔。就來狠狠鞭策你。放學後請做好心理準備吧？」

雷歐的呢喃讓露比隨即有所反應，伴隨著笑容，額頭浮現青筋。說真的這個男人學不乖耶。他分明曉得腦袋裝肌肉是僅次於鐵拳聖女的禁句啊。

「事已至此，我只能去拜託安卜羅茲校長把我和盧克斯分到同一隊了！來吧，盧克斯，我們走！」

「冷靜點，緹亞。還有可能是班級對抗戰吧？說到底還不曉得我是否會選上啊？」

「你還在說夢話啊？如果你沒有選上，豈止我和露比，四大魔術名門不會有人選上的！還有，在確定是隊伍戰還是班級戰之前先下手為強也很重要啊。凡事都要預測未來後再行動才是要點！」

儘管她滿口正論，但是否有自覺自己的行動只不過是在耍任性呢？雖然那種地方也挺可愛的。如果我說出這種想法，恐怕她又要怒不可遏了，就別說吧。

「盧克斯快來救我！這樣下去，今天放學後就是我的死期啊！」

「喂，逃跑可不是男人的作風喔！沒事的，我會溫柔對待你。請安心地把我的拳頭當成糧食吧！」

「喂，盧克斯！別忽視我的求救！你那樣對我，改天我會認真申請決鬥喔！」

雷歐的慘叫與露比令人無法放心的宣告響徹食堂。亞邁傑不知為何眼眶泛淚地朝我抗議，但我假裝沒有聽見。

吵嚷、安穩又熱鬧的日常。我一邊祈禱這種日子盡可能持續下去，一邊思考該如何掙脫拚命拉扯我袖子的緹亞的手。

＊＊＊＊＊

當盧克斯等人在食堂談論魔導新人祭時，另一方面——

擔任拉斯貝特王立魔術學園的校長、世界上唯一的魔法使愛梓・安卜羅茲，把東班的級任導師且為過去的學生羅伊德・洛雷亞姆叫到校長室，舉辦一場優雅的茶會。

「哎呀，今年的一年級生真的都很優秀呢！現在就好期待今年的魔導新人祭！」

「是啊，我在身為教師之前，身為一介觀眾其實也很期待。」

「你的班級尤其人才濟濟呢。約雷納斯家的「原初的四屬性資質者（Prime Material）」的千金，維尼艾拉家的鐵拳聖女。再加上哈瓦家的頑皮鬼，以及龍傑的英雄的兒子，不論選上哪個人都很有意思。」

愛梓笑說這就是所謂忙到欣喜若狂，同時把紅茶端到嘴邊。那種自然的舉動有如一幅畫，楚楚可憐又帶著優雅的氣質。

「先別提緹亞莉絲、露比蒂雅和雷歐尼達斯……不應該多留意盧克斯的待遇嗎？」

「龍傑的英雄梵貝爾・魯拉的兒子兼唯一徒弟。史無前例受到無合適班級判定的異端兒。呵呵，看在那些血統主義的魔術師眼中，他的存在本身十分礙眼吧？」

畢竟梵在擔任【亞樹爾騎士】隊長的時期也大鬧一場過啊，愛梓如此補充，從喉嚨深處發出陣陣笑聲。那件事連當時還在學園就讀的羅伊德也曾經耳聞。

「梵貝爾・魯拉與當時的【亞樹爾騎士】隊長賭上隊長寶座決鬥，贏過對方後便以例外的形式就任了吧？」

而且梵貝爾．魯拉就任【亞榭爾騎士】一事被視為例外，尚有他並非拉斯貝特王立魔術學園畢業生的理由。拉斯貝特王國中一流的魔術師都在這所學園學習並鑽研魔術，接著出社會後大放異彩。因此梵貝爾是沒有經歷這個過程卻例外當上隊長的異端人士。

「是啊，畢竟當時的梵血氣方剛呢。他看不順眼被譽為王國最強戰力卻無所作為的【亞榭爾騎士】，憤慨地說：『那由我當隊長改變一切！』真是個熱血笨蛋徒弟啊。」

愛梓懷念般的望向遠方，感慨萬千地呢喃。

那麼熱血又有正義感的男人，為什麼會變成把積欠約雷納斯家的大筆債務推給兒子兼徒弟後行蹤不明的混帳呢？其中是否有不為人知的深沉黑暗呢？羅伊德思及此，轉換思緒。

「倘若梵貝爾．魯拉的兒子盧克斯在魔導新人祭參賽，血統主義派肯定會來抗議。尤其棘手的是——」

「梅爾克里歐家或許會有不少意見呢。真是的，既然已經換了當家，安靜地隱居不就好了……」

愛梓浮現露骨的厭煩表情。魔術的世界就是血統的世界。羅伊德本身在學生時代也

因此吃過不少苦。

「這方面的事情你就別多心了。如果因此發生棘手的事，一切由我應付。應該說我會讓人閉嘴，你就放心吧。」

「我突然不安起來了。」

「沒問題，我會好好溝通（用力施展魔術），和平地解決！你就相信我，幫學生們準備能盡情發揮實力的舞台吧！」

如此說道的愛梓露出再帥氣不過的表情並豎起大拇指，對此羅伊德只能浮現錯愕的笑容。再怎麼希望她穩健地解決問題也徒勞無功，這一點羅伊德從學生時期再不情願也一清二楚，因此只能放棄並看開。

「……我明白了。既然校長願意幫忙擦屁股，我也能無後顧之憂地推學生們一把。萬一以梅爾克里歐的前當家為首的血統主義派湧進學園理論時，就請校長應付了。」

「咦，此話當真？你一點都不打算幫我嗎？」

「那麼我下午還有課，就先告辭了。感謝您招待紅茶，十分美味。」

「等等，羅伊德！你對恩師會不會太無情了？」

羅伊德聽著愛梓的哭喊聲從身後傳來，離開校長室。雖然時間有點晚，在下午的課程前想先果腹一番，便走向食堂。恍惚思考該點哪道餐點時，察覺兩個人從前方走近。

「為什麼那一位會來到學園……？」

也難怪羅伊德會忍不住喃喃自語。其中一人戴上帽兜蓋住整個頭部，因此看不見長相，不過另一個人是這個國家內眾所皆知的名人。

平時在王城生活，不常外出，為什麼偏偏造訪學園呢？肯定是來找校長的，那麼又是為了何事而來？疑問堆積如山。

「……和我無關呢。」

只要不會演變成麻煩事，也不會被牽扯進麻煩中就無所謂。原本那一位就不是身為一般平民的自己可隨意攀談的對象。羅伊德如此說服自己，導出結論後靠到走廊兩側，站著不動低下頭。

「工作辛苦了。」

在錯身而過時，那人以清亮的聲音出言慰勞。原本對於學園一介教師的羅伊德是承擔不起的光榮，但由於隨侍在側的帽兜人的緣故，那種念頭消失無蹤了。

「工作辛苦了，羅伊德老師。」

「——妳、妳是！」

儘管自最後一次見面已過了幾年，那道聲音現在依然耳熟。最重要的是，對羅伊德是想忘記也忘不了的問題兒童，被視為吊車尾卻持續努力，在畢業之際成為名副其實同屆最強的才女。

「為什麼妳在這裡？不對，算了。妳不用說明。」

羅伊德想問為什麼王國的要人與最強戰力之一會造訪學園，便轉身直接回到應該了解情況的校長身邊，並祈禱棘手事情的準備尚未做足——

「安卜羅茲校長！到底是怎麼一回事？」

「嗯？羅伊德老師，你指什麼？」

「請不要裝傻！為什麼那一位——拉斯貝特王國第二公主亞爾奎娜・拉斯貝特殿下與卡蓮・弗爾修會蒞臨？我在問您理由！」

愛梓不解地歪頭。這種刻意的舉動讓羅伊德的怒火快速攀昇。因為基於他的經驗，當愛梓採取這種胡鬧的態度時，肯定會有棘手的事情等著。

「那個理由就由我來說明吧，羅伊德・洛雷亞姆老師。」

「亞、亞爾奎娜公主殿下……」

羅伊德被喚了名字，惶恐地轉頭。站在那裡的是先前錯身而過的人物——受國民視為聖女敬愛的拉斯貝特王國第二公主——亞爾奎娜・拉斯貝特本人。而她身後那個脫下帽兜的隨從也在，展露的黑髮與容貌讓羅伊德於內心大大嘆氣。

「久違了，羅伊德老師！很高興您過得很好！」

「…………好久不見，卡蓮，妳似乎也過得不錯，什麼時候轉職的？」

開口後隨即浮現如柔弱花朵般的笑容問候的學生，讓羅伊德頭痛地拋出問題。

「討厭啦——您在說什麼啦，羅伊德老師。我現在也是在第一線活躍的【亞樹爾騎士】隊員喔？可沒有辭職喔！」

「那麼妳為什麼會和亞爾奎娜公主在一起？王族的護衛並非【亞樹爾騎士】，而是王室親衛隊的工作吧？」

「好了啦，羅伊德老師。我懂你的想法，不過稍微冷靜一點。公主殿下是為了討論關於這件事情在內的種種事宜，才特地蒞臨學園喔。」

羅伊德接過浮現苦笑說明的愛梓遞給他的杯子。花草溫和的香氣使躁動的心逐漸冷靜下來。

「羅伊德老師會心生疑問也是理所當然。老實說，像這樣來到學園一事本身並不受到認同。」

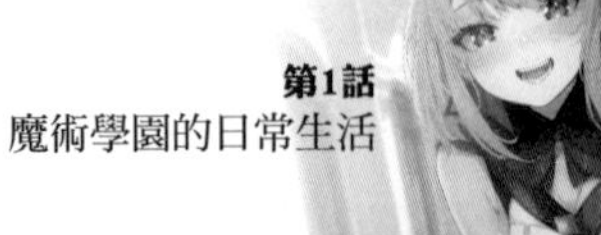

「畢竟現在王城內可信任的人有限呢。況且理解這件事的人，包含小亞在內只有少數人，情況非常嚴峻。」

「竟然稱呼公主殿下為小亞……假如妳因不敬罪遭受懲罰，我可不會擁護妳喔？」

過去的學生無所畏懼的言論讓羅伊德忍不住按著太陽穴。只不過卡蓮只是樂天地嘻嘻笑著。他的頭痛愈來愈嚴重，但亞爾奎娜沒有要問責的樣子，可說是不幸中的大幸。

「好了。雖然此時令人在意的事情堆積如山，總之就邊喝紅茶邊慢慢討論吧？羅伊德老師沒問題吧？」

「……我沒意見。」

儘管對身為一介學園教師的羅伊德而言，一點也不想知道王城內到底發生什麼事，不過事已至此，無路可退了吧？羅伊德做好被牽扯進去的心理準備，坐在沙發上。

「話說回來，真的好久不見，亞爾奎娜殿下。我們多久沒見面了？」

「最後一次見面，是妳介紹梵貝爾先生給我的時候，因此大概兩年沒見了吧？時間過得還真快呢。」

「啊……這麼一說，我曾經在陛下的要求之下把蠢徒弟帶過去呢。話說回來，雖然我有想過差不多該談談了，沒想到妳會主動造訪，真是出乎意料喔。」

愛梓一邊準備奉茶，一邊與亞爾奎娜有如熟稔的老朋友般交談。

「不會，應該說突然造訪，我感到很抱歉，安卜羅茲校長。原本想更早過來找您商量……不過前陣子在王都發生的事件，事後處理耗了不少時間……」

如此表示而垂下眉毛的少女，讓愛梓不禁浮現苦笑，把倒滿紅茶的杯子遞過去。

真是的，最近的年輕人都想肩負一切。心愛的蠢徒弟及眼前的少女正是其中典型。

一頭整齊留到肩膀，讓人看著迷的美麗櫻色頭髮。誤以為是寶石的澄澈天藍眼眸。纖細嬌小的身體，與尚殘留一絲稚氣的可愛容貌，但是在精緻又端正的五官中，寄宿著與年齡不相仿的神聖，訴說著她並非泛泛之輩。

這位少女的名字是亞爾奎娜．拉斯貝特。她是拉斯貝特王國的第二公主，有朝一日會站出來引導王國，正是希望之星。

「不用放在心上喔，公主殿下。只要像我擅長處理工作，經常都有空閒的。不如說妳突然蒞臨正合我意喔。」

別胡扯了，您平時不都偷懶不工作嗎？您以為都是誰接手處理和幫忙收拾善後的？羅伊德於內心吐槽。

「感謝您的諒解。校長這麼體貼，很讓人安慰。」

「不用放在心上。就算妳貴為公主殿下，依然是個孩子啊。就別客氣，儘管依賴大人吧。」

如此說道的愛梓拍拍亞爾奎娜的頭。明明是個大混蛋，有時卻宛如慈愛的女神般溫柔對待他人，個性太差勁了。羅伊德心想，沒人性根本是為了這個校長而存在的詞彙。

「謝謝您，安卜羅茲校長。那麼我想趕緊進入正題，不過在這之前……周圍是否有些吵嚷呢？」

亞爾奎娜以優雅的舉動啜飲一口紅茶後浮現微笑。雖然羅伊德和卡蓮沒有聽見人聲或感受到氣息，不過愛梓察覺那句話背後的真意，彈響指頭施展兩種魔術。

一種是不讓人接近校長室、驅趕人的結界。另一種是連同時間與空間隔離這個室內的結界。

兩種都沒有詠唱咒文和魔術名稱，剎那間便發動一事難度極高，儘管世界遼闊，能做到這種技巧的魔術師，除了愛梓．安卜羅茲以外別無他人吧？假如真的有人能做到，那也是大事一樁，羅伊德置身事外般的思考。

「好，這麼一來，就不用擔心房間內的談話會被偷聽到了喔？盡情談話吧。」

「非常感謝您一而再、再而三的顧慮。」

亞爾奎娜低頭致意。當公主親自造訪時，便可料到接下來的談話不得對外張揚，沒想到談話內容會令她如此小心翼翼。

羅伊德突然想起卡蓮剛剛說過：「王城內只有少數人能夠信任。」那句話的意思到底是——？

「那麼我來鄭重說明。安卜羅茲校長，我就直說了。王城內部有終焉教團的內賊。恐怕不只一人。」

「——什麼？王城內有內賊？怎麼可能……！」

「是嗎……這個消息還真是驚人，有證據嗎？」

與驚訝的羅伊德相比，啜了口茶詢問的愛梓極其冷靜。不過她的眼神霎時變銳利，平時輕浮的神色也收斂起來。

「是的，契機是前幾天發生的終焉教團召喚獵狼王襲擊王都事件。」

「那起事件與內賊有何關係？」

「關係可大了，羅伊德老師。畢竟事已至此才能如此肯定。對付在王都現身的四匹獵狼王的變異種時，【亞樹爾騎士】並沒有出動，你是否知情？」

「當然知情。雖然不曉得因為何種理由沒有出動，不過結果因此讓盧克斯獨自前往

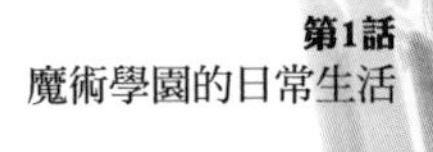

敵人的陷阱之中啊。」

羅伊德平靜地呢喃，愛梓則不悅地說道。

拉斯貝特王國引以為傲的最強魔術師部隊【亞樹爾騎士】。倘若他們儘早出動，學園就不會遭受襲擊，緹亞莉絲不會被綁走，盧克斯也不會**那麼早**解放星劍的記憶了。

「當時王城也非常混亂。畢竟是與十六年前大災害同樣嚴重的事態嘛。終焉教團趁著混亂出手，我們遭受了襲擊。這就是【亞樹爾騎士】無法出動的主因。」

「是嗎……我還是第一次聽見。沒想到私底下竟然還發生這種事情，就連我也出乎意料喔。」

愛梓嘴角浮現猙獰的笑意。儘管她不可能知道世界上發生的一切事象，不過對於長年以來的宿敵、因緣極深的教團暗中活躍受到隱瞞一事，無法視而不見。

「附帶一提，羅伊德老師，從那個襲擊部隊中守護小亞的就是我喔！」

「原來如此，所以才說妳是救命恩人啊。卡蓮妳立下大功了。」

「只是偶然啦。原本想在擊退怪物以前去見小亞一面，前往她的寢室後，發現親衛隊的隊長和小亞正遭受不明的集團襲擊！此時我便出手救援，把人統統打倒了！」

「我知道了！我知道了，別再繼續說下去。雖然很在意為什麼妳在出動前要悠哉地去見公主殿下，現在先安靜一點。」

看見羅伊德從頭到尾都對有如想被稱讚很努力的小狗般的卡蓮毫無招架之力，愛梓與亞爾奎娜兩人一起笑了出來。即使想一直觀賞這種令人會心一笑的互動，但情況不允許，因此亞爾奎娜再次開啟話題。

「我想兩位也很清楚，王城在緊急情況會架設結界。結界強大到就算災厄之龍吐出業火之炎攻擊，也不會有任何損傷。」

「……該不會那個結界並沒有發動吧？」

「確實發動了喔。而且還嚴密到連一隻螞蟻都無法入侵。然而教團卻展開完美的襲擊。意思就是——」

「襲擊犯等人從一開始就待在王城內。就是這麼回事吧，公主殿下？」

羅伊德的回答，讓亞爾奎娜靜靜地點頭。

「也就是說，知道獵狼王會出現在王都的某個人就在王城內，看上結界發動以後王城會和外界隔離的情況，事前把教團的魔術師們帶進城。」

「非常抱歉。其實應該立刻通知安卜羅茲校長才對，然而遺憾的是大家都疑神疑鬼……原本也不允許我像這樣直接造訪。」

如此說道的亞爾奎娜浮現陰沉的表情。她會疑神疑鬼也莫可奈何。在王城內也僅有少數人曉得隔離結界的存在與其特性，因此內賊與王室非常親近，或者說是相當於王室的人。

「因此妳才只帶最低人數的護衛啊。就這點而言，卡蓮小姐是能信任的人吧？」

「是的。雖然我最近才認識卡蓮小姐，不過確信她這個人無法隱藏情緒。」

「不愧是公主殿下，您相當了解卡蓮呢。」

「等等，羅伊德老師、小亞。可以說明一下那是什麼意思嗎？難不成瞧不起我？」

鼓起臉頰抱怨的卡蓮，讓亞爾奎娜浮現女神般的微笑後，無視她繼續往下說：

「除了卡蓮小姐，王室親衛隊的隊長古菈蒂亞小姐也能信任。她就像與我的年紀有點差距的姊姊，實力也能掛保證。」

在王國魔術師團中，由菁英中的菁英組成的最強部隊【亞榭爾騎士】為首，有好幾個部隊存在。

其中之一就是王室親衛隊，通稱【赤色番人】。他們主要的工作正如其名是守護王室，除了純粹的戰鬥能力，血統也是條件。

附帶一提，說到【亞榭爾騎士】的入隊條件，也並非僅憑純粹的戰鬥能力挑選。無可動搖的強大當然是必要條件，但還要加上另一個條件。不過知道其條件的人非常少。

「古菈蒂亞……啊，我想起來了！她是和梵同一屆加入魔術師團的女生吧？原以為她想當魔術師團團長……是嗎？她離開第一線，現在擔任王室親衛隊的隊長啊？」

愛梓感慨萬千地呢喃。

梵貝爾・魯拉是盧克斯的垃圾師傅，也是愛梓的徒弟。與被稱為龍傑的英雄的他，在同一個時期從學園畢業後加入魔術師團的才女。入隊以後她的活躍與梵貝爾匹敵，不過從十六年前發生的「巴斯克維爾大災害」以後，漸漸不再聽見她的名字，愛梓以為她早就引退了。

「不愧是安卜羅茲校長。古菈蒂亞小姐自學園畢業以後已經是很久以前的事情了，真虧您還記得。」

「畢竟我是校長，畢業的學生們每一個都記得清清楚楚喔。」

「說到王室親衛隊隊長古菈蒂亞・拜賽，她擁有火與雷的雙屬性，是以揮舞大劍聞名的女傑，沒想到與龍傑的英雄同梯嗎……」

「除了卡蓮小姐，連古菈蒂亞小姐也陪著妳，那就不會有事。更重要的是，還沒有說明完畢吧？」

假如是這種程度的話題，用驅趕人的結界就足夠了。隔離時間與空間就太小題大作了。如愛梓所說，亞爾奎娜一個深呼吸以後，繼續說明：

「是的……如您所說，接下來才是正題。安卜羅茲校長，您可認識劈開王都的黑暗——獵狼王的出現讓王都陷入絕望而釋放黃金光輝的人物？」

「……當然認識，因為他是我的孫徒呢。妳怎麼這麼問？」

愛梓從聲音感受到強硬的壓力，沒有含糊應對，老實回答。羅伊德只是保持沉默。

他大概能推測在說什麼人。

「我想聰穎且學識豐富的安卜羅茲校長也許知情，根據拉斯貝特王家流傳的紀錄，災厄之龍寄宿其身加上星劍的覺醒，意味著睽違百年……不對，睽違千年有危機造訪星球。也就是說——」

「——在不久的將來，無神的世界上將發生星戰。終焉教團的目的就是這件事，妳是這個意思吧？」

愛梓的回答，讓亞爾奎娜點頭同意以後繼續說道。羅伊德察覺話題方向變得詭異，視線投向過去的學生，不過她卻一副與我無關的態度享用茶點。眼角餘光看著那兩人，話題繼續下去。

「教團的目的是終結無神的世界。因此盯上礙事者、星球選上的人們的性命。而且長年以來不曉得在何處、龍寄宿之人的所在地也被發現了。」

「也就是說事態嚴峻吧？然後呢？妳，不對，你們拿盧克斯有何打算？」

愛梓一邊說道，一邊再次瞇細了眼睛。

儘管語氣平穩，其中確實蘊含接近殺氣的憤怒情感，亞爾奎娜於心中冷汗直流。羅伊德因突如其來的緊繃氛圍，後悔自己在場，卡蓮則啜飲紅茶滋潤喉嚨。

如果此時說錯話，碰觸世界最強的魔法使的逆鱗，屆時這個國家就完蛋了。亞爾奎娜大大吐了一口氣以後，做好心理準備開口：

「老實說，保護盧克斯同學……不對，這種情況用軟禁比較正確呢。有意見指出應該這麼做。」

亞爾奎娜選擇坦白說明情況。就算搪塞過去，這位校長總有一天會自己調查，因此判斷不僅毫無意義，甚至會產生反效果。

「是強硬派的人嗎？我明白他們的心情，不過把一個人的人生當成什麼了。改天碰面時要說教一下呢。」

「請、請冷靜下來，校長。由於我的堅持，那些意見已經壓下來了！」

亞爾奎娜慌張地阻止現在就氣勢洶洶地想使用轉移魔術去給提議者們一拳的愛梓。

「歸根究柢，龍寄宿的他是『龍傑的英雄』梵貝爾・魯拉唯一的徒弟，是能呼喚星劍記憶的人物。因此並非予以軟禁，相對的當他為戰力對王國更有利，是我的提議。」

「嘿……妳長得這麼可愛，還挺敢說的。公主殿下說得沒錯，考量盧克斯的實力，那種作法比較正確。把人藏匿起來，反而可能給敵人趁虛而入的機會。況且在或許有內賊的情況下更是如此呢。嗯，很好的判斷喔。」

「謝謝您。此外，我還有一件事想拜託安卜羅茲校長，您願意聽嗎？」

「當然願意，來自我國敬愛的聖女大人的請求，大致上願意接受喔。妳說說看。」

愛梓如此說道，起身再倒一杯已經喝光的紅茶。能拒絕公主請求的，頂多只有國王陛下。到底是什麼要求呢？羅伊德無法推測。

「那我就不客氣地開口了。可以讓我在拉斯貝特王立魔術學園體驗學生生活嗎？」

「……什麼？」

「哦……來學園體驗學生生活。妳又說了有趣的事呢。」

聽見亞爾奎娜的請求，羅伊德驚愕地睜大眼，愛梓則手撐著額頭，嘴角往上揚。她的表情就像獲得新玩具的孩童般天真無邪。

「百聞不如一見。我身為肩負這個國家之人，想親眼確認盧克斯·魯拉是什麼樣的人物。」

亞爾奎娜的眼神認真，以帶著堅定決心的表情訴說。那股熱情，令人無法拒絕以纖瘦的肩膀肩負著國家……不對，是比國家更沉重的事物的少女的請求。

「好吧。我就開例認可公主殿下體驗學生生活。妳就用自己的雙眼盡情鑑定龍傑的英雄的徒弟吧。」

恐怕這個處置，比起選盧克斯為班級代表還會招來更多的抗議聲吧？大家會抗議第二公主與學園並不相襯。

「謝謝校長，這份恩情，有朝一日必定回報。」

「別放在心上喔。妳就隨心所欲做自己想做的事情吧。不過王城內的事情打算怎麼處理？也不可能放著不管吧？」

「這方面的事，我請古菈蒂亞小姐調查了，所以沒關係。雖然用現在王城內能信任的人就只有她的說法比較正確啦。」

亞爾奎娜如此說明，浮現苦笑。儘管語氣輕鬆，不過王城內能信任的只有一個人，可說是相當嚴峻的狀況。

即使當事人沒有說明，會提出體驗學生生活的提議，也是基於尋求安全場所而做出的結論吧，愛梓如此思索。

「……我明白了。學園中的事，統統交給我們安排吧。準備方面也交給我們就好。對吧，羅伊德老師？」

「為什麼這個時候要把話題拋給我？我幫不上任何忙喔？」

突然被叫到名字的羅伊德極為認真地回答，不過豈止愛梓，連卡蓮也露出「你當真這麼說嗎」的表情。先別提愛梓，一直以來只顧著品嘗點心、喝紅茶的前學生傻眼，實在令人火大。

「不對啦，應該說羅伊德老師是當事人喔？因為小亞體驗學生生活的班級，只有羅伊德老師的班級一個選擇啊。」

「…………什麼？」

「就是這麼一回事，羅伊德老師，公主殿下就交給你嘍？」

「請多多指教了，羅伊德老師。」

在毫無申訴的餘地下決定好的事情，讓羅伊德面無血色，發出不成聲的慘叫。

第2話　公主殿下來體驗學生生活了！

魔導新人祭即將到來，東班也逐漸開始充滿躁動的奇妙氛圍。

「明明所有事情都還沒定下來，大家也太浮躁了吧？這樣下去，遲早會倒下哦！」

「別這麼說啦，露比蒂雅。在意會選上誰也是當然的。這點妳也一樣吧？」

以手托腮、傻眼地表示的露比，與苦笑地安撫她的雷歐。兩人雖然常起口頭爭執，也挺意氣相投的。

「畢竟是你。已經考量到沒被選上的情況，在計劃不少事情了吧？」

「還真敏銳呢。雖然要等到選手與規則發表以後，但我打算參加投注優勝者、優勝隊伍的賭博。當然是只在學園的學生之間私下舉辦的非法賭博嘍！」

露比滿腹疑惑地訊問，讓雷歐以再爽朗不過的笑容回答。儘管令人失笑，但某種意義而言是不愧對哈瓦家頑皮鬼之名的回答。

「真是的……有夠差勁耶。」

「啊哈哈哈……很有雷歐尼達斯同學的風格呢！」

雖然千金們的反應無比冷淡，雷歐絲毫不介意，真要說的話我也偏向贊成派。應該說至少想參一腳。

本來王都日日夜夜都在決鬥場開賭局，我也曾在那裡賺取生活費。魔術師們的戰鬥背後有大筆金錢流動，可說司空見慣。

「附帶一提我想問，你打算下注在誰身上？」

「當然是把所有資金押在盧克斯、以及盧克斯所屬的隊伍啦！和賠率高低無關。男人就要默默地全押在同一個人身上！」

「嘿……以雷歐尼達斯而言，還真是罕見地有男子氣概呢。根據是什麼？」

「只能說因為我看過盧克斯的真本事吧？魔術與戰技，每一項都技術高超。尤其露比蒂雅被打倒、緹亞莉絲遭綁走當時的鬼氣逼人……那還真是不得了。」

因此費了一番工夫才阻止呢，雷歐如此說道，捉弄人似的揚起嘴角。太誇張了，他明明很清楚當時我渾身是傷，根本無法立即前去救人啊。

「是嗎……盧克斯，似乎讓你做了無謂的擔憂，很抱歉。」

「盧克斯，抱歉讓你擔心了。」

露比與緹亞雙雙垂下肩膀。這讓雷歐也大吃一驚，向我投來求助的視線，但我裝作沒看見。自己播的種就負起責任自己摘除啊。

「不管怎麼說，盧克斯的真本事有多麼厲害，很令人在意呢。憑雷歐尼達斯貧乏的語彙能力實在無法想像啊。」

「語彙能力貧乏還真是對不起啊！不過要對沒看過的人說明實際上多麼驚人也不容易，也沒辦法吧？」

振作以後，露比旋即夾帶嘆氣罵人。面對她的態度，雷歐舉起手拚命辯解。只增加了「驚人」這個語彙。

「是呀……假如真要補充說明，盧克斯的真本事厲害到不僅可以和我們打不過的梵貝爾・魯拉不分上下、相互抗衡，最後甚至贏得勝利。這樣就明白了吧？」

「……原來如此，我明白了。不愧是梵貝爾・魯拉從零開始鍛鍊的徒弟呢。不管怎麼說，我愈來愈想和盧克斯交手了。」

緹亞的說明似乎終於讓人有頭緒了，露比嘴角浮現好戰的笑意，鬥志滿滿的眼珠投向我。

不愧是新生中最常被稱呼為腦袋裝肌肉的人。不過就我而言也想和她交手看看，因

此正好期盼這種挑戰。

「不可以！比起陪露比，盧克斯應該先陪身為師妹的我對練！梵貝爾先生途中就撒手不管了，請付清賒帳啊！」

緹亞鼓起腮幫子抗議。看來垃圾師傅豈止債務，連對練也想推給我處理。

「真是的……緹亞只要牽扯到盧克斯，就變成一名任性的千金小姐了。過去一直拒絕相親就像假的一樣。」

露比錯愕地呢喃，聳了聳肩。我與緹亞相遇後已經過了一陣子，初次見面時散發的貴族千金的威嚴，現在已不復存在。如果說出口她會鬧彆扭，因此只會放在心底。

「才才才、才沒有那種事啦！盧克斯，請不要誤會哦？我可是一點也不任性哦！」

「哈哈哈……」

緹亞猛然把身體湊近我說道。柔順的銀髮、迷人的香氣，加上眼下柔軟晃動的雙峰及帶著熱氣的臉頰使我有自覺地苦笑。這種景色對視力不好啊。

當我們一如往常聊著無關緊要的小事時，教室的門靜靜地開啟了。這副景象平時會讓教室安靜下來，不過一看見與羅伊德老師一起走進教室的女生，又吵嚷起來。

沐浴在從窗戶灑入的陽光下，浮現淡淡光暈的櫻色頭髮。儘管楚楚可憐的容貌尚殘留一絲稚氣，能夠輕易想像倘若成長以後將成為稀世美女。淺色且澄澈如寶石般的眼眸中散發堅定又莊嚴的氣場，帶有令人不禁看著迷的神奇魅力。

「喂喂……這是哪門子的玩笑話？」

「為什麼那一位會蒞臨學園？就算入學就讀，也應該是明年的事啊？」

直到前一刻還在閒聊的雷歐與露比臉頰抽動，緹亞也以不解的表情凝視少女。我對她的長相有印象，難道這名少女是名人嗎？

「安靜。事出突然，各位同學想必大吃一驚，我也一樣。聽聞此事時，老實說甚至無比頭痛，煩惱是否要提出辭呈，或者認真對校長說教。」

羅伊德老師以摻雜悲哀與怒氣的複雜又怪異的神情開口。一天明明才剛開始，他的臉已經散發重重的疲勞氣息。一切都是安卜羅茲校長不好啊。

「只不過，既然事情無法推翻，我也沒有權利說三道四。因此便放棄，接受了。這些事情先別管。可以請您自我介紹嗎？話雖如此，我想不認識您的只有少數人。」

「慎重起見。」羅伊德老師如此說道的同時視線投向我。

「呵呵，羅伊德老師，沒有問題哦。各位同學，大家好。我的名字叫做亞爾奎娜·拉斯貝特，從今天到魔導新人祭結束的期間，前來體驗學生生活。如各位所見，我年紀比較小，請大家多多鞭策指教了。」

看著如此自我介紹以後，恭敬地行禮的美少女，教室內一片寧靜。這是因為驚愕、困惑、疑惑等各式各樣的感情繚繞，因此啞然無言。

連緹亞及露比這種國家少數的貴族千金都緊張地繃緊表情。理由其實很單純，因為她的名字含有「拉斯貝特」。那帶有什麼意義，意即這名美少女到底是何方神聖，連不了解世事的我都一清二楚。

「就是這麼回事，從今天起，拉斯貝特王國第二公主——亞爾奎娜・拉斯貝特殿下就成為大家的同班同學了。注意別失禮數。」

「畢竟憑我一個人的腦袋無法負起責任呢。」羅伊德老師補充了不平穩的說明，但驚悚的地方在於無法讓人一笑置之。

「那麼，亞爾奎娜殿下。很快就要上課了，可以請您挑一個空位坐下嗎？」

「咦，已經要坐下了嗎？在那之前照慣例不是都會留一段時間讓大家問問題嗎？轉學生必做的行程要省略嗎？」

亞爾奎娜殿下以無法置信的神情逼問羅伊德老師。該說出人意料嗎，世俗的問題讓我們傻眼，羅伊德老師則按著額頭重重嘆氣。看來公主殿下比想像中還自由自在。

「……我明白了。那就留一段問答時間吧。你們有問題想問亞爾奎娜殿下嗎——」

「有！首先可以由我發問嗎？可以吧？」

「……請說，亞爾奎娜殿下。」

「隨便您吧。」聽見羅伊德老師已然放棄的心聲，肯定不是我的錯覺吧。我們學生也有同樣反應。沒想到是由轉學生主動提出問題。

「請問盧克斯・魯拉同學是哪一位呢？」

「嗯……？找我？」

突然被叫到名字，我不禁錯愕地叫出聲。教室裡所有人都對我投向奇妙的視線。只不過公主殿下絲毫不把詭異的氣氛放在心上，緩步朝我走來，在我面前停下。

「我從很久以前就想拜託你了。盧克斯・魯拉同學，你願意當我的師傅嗎？」

「…………什麼？」

我不理解隨著如盛開花朵般的微笑道出的話語意義，發出愚蠢的聲音。坐在隔壁的緹亞及露比因太過震驚，嘴巴張得大大的杵在原地。

在短時間內一而再、再而三令人出乎意料的公主殿下，這一天最驚人的發言讓教室大為騷動就毋需多言了吧。

「很抱歉，我並非像師傅——梵貝爾．魯拉那樣能教導他人技藝。請找別人吧。」

「呵呵，和傳聞一樣，盧克斯同學是個正經八百的人呢！不過很遺憾，梵貝爾先生對我說：『以後找我兒子盧克斯陪練。』所以……你明白吧？」

亞爾奎娜殿下帶著微笑如此表示，言外之意卻帶有絕對不容拒絕的壓力。話說我完全沒有料到垃圾師傅在我不曉得的地方立下不得了的口頭約定。如果可行，我想盡全力拒絕，不過對方可是這個國家的公主殿下，也只能答應了。

「請、請等一下，亞爾奎娜殿下！」

「啪」地大力拍著桌子站起身、大喊等一下的人，是自稱我師妹的緹亞。學生們的視線一齊朝向我們，屏氣凝神。

「妳是約雷納斯家的緹亞莉絲吧？為什麼叫我等一下呢？難不成妳也想當盧克斯同學的徒弟嗎？」

「是的，沒有錯。盧克斯的頭號徒弟就是我——才不是！亞爾奎娜殿下，我想詢問的是您和梵貝爾先生之間的關係！」

我在心中吐槽並不打算收徒弟，只不過她的問題本身也挺讓我在意的。難不成師傅除了約雷納斯家，也欠了王家一筆債務嗎？

「哎呀，先不提緹亞莉絲同學，難不成盧克斯同學沒從梵貝爾先生那裡聽說嗎？」

「很遺憾完全沒有。如您所知，我的師傅在某些方面走保密主義啊。不曉得他曾指導過亞爾奎娜殿下。」

只不過由於保密主義，我才遇見緹亞等人，能像這樣來到學園念書。雖然把債務推給我是多此一舉啦。

「是嗎？那麼當然會感到吃驚呢。其實我也只接受過梵貝爾先生指導幾天魔術，結果慘不忍睹就是了。」

亞爾奎娜殿下吐舌頭一笑。她的表情不帶有公主的威嚴，與年齡相當，楚楚可人。

「不過梵貝爾先生自由奔放……當我要正式接受指導之際，他就消失無蹤了。因此卡在途中的指導，想請他唯一的徒弟盧克斯同學接手進行！」

亞爾奎娜殿下堅定地宣告不接受反對意見。什麼反對意見，我甚至想抗議這不合邏輯。為什麼身為徒弟的我非得幫師傅收拾殘局不可呢？而且放著公主殿下的指導不管後逃亡，他到底在想什麼啊？

「就是這麼回事，盧克斯同學，就拜託你嘍。」

亞爾奎娜殿下以語尾彷彿帶著愛心符號的甜美聲音道出的這句話，剎時讓教室中吵嚷起來。附帶一提，一旁的緹亞發出不成聲的慘叫，現在也快要哭出來了。

「咳嗯！亞爾奎娜殿下，抱歉打擾您談話，關於當盧克斯的徒弟一事先聊到這裡，可以請您就坐嗎？差不多要開始上課了。」

抱著頭的羅伊德老師如此叮嚀。在這短暫的時間，他看起來臉頰變得凹陷了，是我多心了嗎？

「啊，這可失禮了。那麼盧克斯同學，待會兒再繼續聊個痛快吧。還有，我可以坐在你旁邊嗎？」

亞爾奎娜殿下老實地道歉以後，以一副理所當然的態度想坐在我隔壁。不過有兩位千金擋在眼前。

「不好意思，亞爾奎娜殿下。盧克斯的隔壁已經有人坐了。還有很多空位，請坐其他地方吧。」

「緹亞說得沒錯呢。亞爾奎娜殿下，我們無法讓出隔壁的位子，前面還有空位，請您坐那裡吧。」

附帶一提，雷歐就坐在我前面，那裡並不是空位。突然被當作透明人的哈瓦家次子無法置信地瞪視她，不過當事人露比一臉不在乎的樣子。甚至說：「快點走開。」無情地追擊。

「感謝妳的提議，但我還是不想放棄盧克斯同學隔壁的位子。畢竟這是我第一次在學園念書呢。有許多不安，因此想跟在師傅旁邊！」

「我原本就不打算當您的師傅哦？」

「盧克斯都這麼說了，請放棄，坐在前面的位置吧。還是說貴為拉斯貝特王國的第二公主會因為區區一個座位耍任性呢？」

緹亞不留情且毒辣的一擊確實射穿亞爾奎娜殿下的要害，連我這個旁觀者也止不住冷汗。倘若有方法阻止這種無聊的爭執——

「我明白了。既然妳都說到這個地步，那就遵循學園的規則，用決鬥來決定吧！」

「……好吧，賭上盧克斯隔壁座位的決鬥，我接受挑戰！」

「既然是這麼一回事，代表我也要參加吧？不過這樣就是二對一，並不公平呢。恕我直言，公主殿下會戰鬥嗎？」

「……正如露比蒂雅同學所言，我既無力又弱小，無法像兩位那樣戰鬥。不過請別擔心，我已經找來幫手，卡蓮小姐，請進吧！」

亞爾奎娜殿下叫喚名字的同時，門用力打開了，一名女子神色自若地走進教室。

讓人聯想到澄澈夜空的黑髮。綁成一束的馬尾彷彿體現活潑開朗的主人性格般可愛地晃動。眼角上揚的眼眸，成熟而秀麗的容貌。嘴角浮現的天真笑意完美中和了可用美麗動人形容的冰山美人的氛圍。

好奇妙的人，不過我對她有印象。畢竟她身穿的外套，乃是拉斯貝特王國的人們憧憬與希望的象徵本身。

「您終於呼喚我了，亞爾奎娜殿下！我還以為就要被放著不管了，站在門前直冒冷汗耶！」

看見哈哈大笑的女子，羅伊德老師的精神狀態終於被逼到隨時倒下都不覺得奇怪的地步了。

「我來介紹。由於我從今天開始過學生生活，她是擔任我護衛的【亞樹爾騎士】的卡蓮・弗爾修。大家要和她好好相處哦。」

以輕鬆語氣提到的【亞樹爾騎士】這個詞彙，以及卡蓮・弗爾修這個名字，也就是說這個人是——

震驚過後再度震驚，造成東班的反應消失了。史上最年輕達成加入【亞樹爾騎士】創舉的天才，羅伊德老師的學生。

「我是卡蓮．弗爾修！請隨興地叫我小卡就好！請多指教啦！」

相對於卡蓮小姐拋了個有如星星燦爛般的媚眼，我們則內心有志一同地發出「怎麼可以隨興地叫啦！」的不成聲吐槽。

「亞爾奎娜殿下，難不成您口中的幫手就是指卡蓮小姐嗎？」

「呵呵，沒錯，我要讓卡蓮小姐作為決鬥的幫手上場哦。畢竟她是我的護衛呀，這也算工作！」

露比以顫抖的聲音詢問，亞爾奎娜殿下則以理所當然的態度回話，但不管怎麼看這都沒道理吧？太濫用身為公主的權力。

「我覺得作為幫手參加學生之間的決鬥並非【亞榭爾騎士】的工作……唉，算了，緹亞也沒有意見吧？」

「非常有意見！雖然想這麼說，不過這是能和現任的【亞榭爾騎士】交手的大好機會呢。我求之不得。」

沉靜地燃燒鬥志的緹亞，以及早早浮現好戰笑容的露比。面對才華洋溢的年輕人，身為最強水準魔術師之一的女子浮現喜悅的微笑。

「嗯，嗯。果然說到學園生活的醍醐味就是決鬥呢。為了可愛的學妹，大姊姊就助

妳們一臂之力嘍！」

「呵呵，真期待呢，卡蓮小姐。就是這樣，羅伊德老師，可以變更今天的課程，接下來進行決鬥吧？」

「有關係，當然不行。雖然這是我的真心話……不過校長交代要盡可能實現公主殿下的心願呢。幸好今天第一堂課是我的『魔術戰鬥課』，我允許。」

如此說道的羅伊德老師，不知第幾次重重嘆氣。於是學園創立以來，恐怕理由最無趣的決鬥確定要舉辦了。

「對了！機會正好，盧克斯也要參加哦！身為傳說中的英雄唯一徒弟的實力，就讓大姊姊親眼見證吧。」

儘管以可愛的聲音開口，她的表情卻相反地像個發現獵物的獵人。面對甚至感覺到殺氣的猙獰微笑，我努力保持冷靜地詢問：

「……這樣實際上就三對一了，對於公主殿下和卡蓮小姐不會不公平嗎？」

明明作為亞爾奎娜殿下的幫手參加，如果連我也加入就本末倒置了。緹亞等人也感到困惑。假如【亞榭爾騎士】的實力與某個邪道魔術師相當，人數上的不利無法顛覆。

不過我們的杞人憂天不被當一回事，現任最高水準的魔術師不改笑意地如此說道：

「沒問題、沒問題。因為我很強！而且你們——很弱。」

＊＊＊＊＊

為了上課，場所從教室換到早已熟悉的室內鬥技場，早早舉辦決鬥。學生之間的決鬥就像以前我和亞邁傑交手過的，規定武器以木刀為首的非殺傷類武器，不過這次由於卡蓮小姐的提議，是手持慣用的武器。

「哎呀——羅伊德老師，今天的好天氣很適合決鬥呢！」

在緊繃的氣氛當中，以格外開朗的聲音悠哉開口的，是拉斯貝特王立魔術學園的校長，也是大部分騷動的元凶——愛梓．安卜羅茲校長。我們前往鬥技場途中偶然碰面，她就直接跟來了。

「在這種日子，本校的畢業生【亞榭爾騎士】的卡蓮小姐與前途無量的三名學生竟然要交手……你的班級真的太有意思啦！」

「全都是您設的局吧，安卜羅茲校長？就這麼希望我胃穿孔嗎？」

「真沒禮貌。慈愛化身的我，怎麼可能把教導過的可愛學生逼到絕境呢？而且就算

我是魔法使，也沒料到會在第一天演變成這種情況呀。」

「也就是說早已預測會演變這種情況呢……」

安卜羅茲校長不怎麼驚訝的態度，讓羅伊德老師聳肩。眼角餘光看著那兩人令人脫力的互動，我和緹亞等人為了贏得這場無意義的決鬥，開起作戰會議。

「沒想到會變成和公主殿下與【亞榭爾騎士】的卡蓮小姐決鬥，要怎麼戰鬥呢？」

「也不能怎麼辦。對手遠遠凌駕於我們，是肩負國家的最強魔術師之一。要是耍小伎倆，結果只會從正面遭到擊潰。我不認為有意義。」

露比正面否決緹亞的問題。她的回答，讓平時溫和的緹亞也浮現火大的表情。

「如果是這樣，露比妳要怎麼戰鬥呢？」

「還用問嗎？以同樣的手段回敬對方，以蠻力對上蠻力啊！」

露比緊握拳頭，堅定地開口。她的模樣就像個身經百戰的女傑，十分可靠，不過緹亞傷腦筋地抱頭嘆氣。

「唉……詢問露比的我真是笨蛋。就是這樣，腦袋裝肌肉的鐵拳聖女才教人傷腦筋啊。沒辦法了。盧克斯，就我們倆來思考吧。」

「緹亞等等，妳說誰腦袋裝肌肉了？」

明明即將開始戰鬥，同伴之間的氣氛卻一觸即發，拜託別這樣。但是把就像火屬性與冰屬性相斥般的兩人安排在同一個隊伍，當然會這樣啊。

「我想想……這裡就像露比說的，從正面硬碰硬或許比較好吧？」

「怎、怎麼這樣！你在開玩笑吧？受露比影響，連你的腦袋也裝肌肉了嗎？」

「請別一直說我腦袋裝肌肉。還有盧克斯，我果然和你意氣相投呢。」

踏著地面嘆氣的緹亞，以及誇耀地微笑的露比。兩人截然不同的反應讓我露出苦笑後說明理由。

「其實緹亞說得沒錯，面對遠遠凌駕自己的對手戰鬥，最好擬定幾個策略。這種想法正確。只不過這麼做需要對手的情報。完全不了解對手，也無法擬定任何策略了。」

「確、確實……如此呢。」

倘若沒有因為和亞爾奎娜殿下交談而腦充血，依平時冷靜的緹亞也能立刻想到這種程度的事情才對。

「還有另一點。雖然和剛剛提到的情報有關，如果真要說，就我而言這方面才是重點哦？」

我一邊說，一邊把視線投向孤伶伶坐在觀眾席上，有著一頭青空色頭髮的女生。即使在遠處也曉得，那個人散發著其他人無法輕易接近的靜謐且神祕的氛圍。

「在說薇奧拉．梅爾克里歐吧？沒想到會出席實戰的課程……運氣實在不好呢。」

聽說魔導新人祭中代表北班的四大魔術名門的千金身體虛弱人盡皆知。而且就像露比說的，先不提一般課程，聽說她從來不曾出席實戰的課程。

「反正機會難得嘛。魔導新人祭即將來臨，就當作問候，讓她瞧瞧我們的能耐也不賴吧。」

「結果還是靠力量決勝負嘛！」

「呵呵，畢竟盧克斯也是男生呢。來，緹亞，別鬧彆扭了，要從正面打過去嘍！」

露比眼中燃燒熊熊鬥志，拍了拍抱頭慘叫的緹亞肩膀。至今沉默地望著我們三人樣子的卡蓮小姐等人也開口：

「哎呀——年輕真好呢！有彼此切磋琢磨、意氣相投的夥伴很棒耶！」

「呵呵，和盧克斯同學他們不同，卡蓮小姐的學生生活是與玫瑰色無緣的灰色。」

「沒錯！大家都說我是沒落貴族的吊車尾，老是在霸凌我呢！不過畢業之前我找所有人決鬥，把人統統打飛了！」

如此說道的卡蓮小姐哈哈大笑。說起來，羅伊德老師之前也提過學生時代的卡蓮小姐成績總是墊底。

「就不提我的事情了。差不多開始決鬥吧！羅伊德老師，麻煩你擔任裁判嘍？」

「……魔導新人祭就快到了，注意不要讓我重要的學生們受傷喔。」

「好啦好啦，不用老師交代，我也明白！老師把我當成什麼了？」

「除了下手不知輕重的決鬥笨蛋，還能是什麼？」

儘管成為肩負國家的魔術師，依然還是自己的學生嗎？羅伊德老師毒辣且不留情的口吻，讓卡蓮小姐誇張地陷入消沉。

「哈哈哈！沒事的，卡蓮小姐。如果有個萬一，我會負責處理，妳就放心打鬥吧。讓總有一天會肩負這個國家、才華洋溢的原石好好見識【亞榭爾騎士】的實力。」

「校長，我明白了！那就聽您的話全力以赴！」

看見卡蓮小姐如此說道後敬禮，安卜羅茲校長滿意地點點頭。附帶一提，羅伊德老師已經放棄抱怨，露出死魚般的眼神了。

「那麼，接下來盧克斯、緹亞莉絲、露比蒂雅，對上亞爾奎娜殿下、卡蓮的三對二決鬥即將開始。大家都準備好了嗎？」

「「「「「好了！」」」」」

五個人的聲音漂亮地重疊了。原本和樂融融且輕鬆的氣氛頓時散發緊張感。我與緹亞拿好劍，露比壓低重心採取突擊姿勢。相對的，卡蓮小姐把亞爾奎娜殿下護在背後，雙手環胸站在原地。她似乎不打算拔出腰上的劍。

「她大意的一開始就是好機會。一口氣攻過去嘍！」

聽見露比呢喃，我和緹亞都沉默地點頭。首先要讓她收起連武器也不拿、一臉輕鬆的笑容，之後才是重頭戲。

「很好，那麼——開始！」

羅伊德老師的號令一下，決鬥的帷幕拉起。我與露比採取突擊的姿勢，緹亞使用魔術。不過比起我們，有個人早一步開始行動了。

「那就讓我瞧瞧實力吧！」

是卡蓮小姐。聽見她那猶如來到朋友家玩耍般的聲音時，我們的攻擊距離已經遭到掌握。

「火焰啊，炸裂『鬼火‧爆破』！」

「——糟糕！」

乾巴巴的彈指聲響起，我與緹亞及露比一鼓作氣往前衝，和鬥技場響起爆炸聲噴出火焰幾乎同時發生。超越初級魔術的威力讓會場一片譁然。

「怎麼會……盧克斯沒事嗎？還活著就回答我！」

「沒想到展開奇襲的一方竟反過來遭到奇襲……看來大意的是我們呢。」

「竟然剎時推開兩個女生並守護她們，盧克斯也挺會耍帥呢。不過那麼一來自己倒下就沒有意義了——」

「——不要自作主張已經打倒我了好嗎？」

我劈開塵煙，朝著卡蓮小姐砍過去。外觀和威力確實驚人，但終究是第一階梯的魔術。雖然是無法一再實行的蠻力，倘若用魔力強化肉體，便能將傷害抑制到最低限度。

「哦哦！不只是在轉眼之間推開兩人，還用魔力強化身體好好擋下了！盧克斯挺有一套的嘛！」

劍往下揮、從下往上砍、水平劃過一刀的三連擊，也隨著稱讚被她以咫尺的距離躲開了。區區斬擊果然傷不了她。

「呵呵，盧克斯，可別說你只有這點能耐哦？如果是這樣，我可不會把公主殿下交給你哦？」

卡蓮小姐有如蝴蝶般輕盈地舞蹈，並以輕佻的口吻朝我投來不負責任的話。擔任公

主殿下護衛的日子，肯定會勞心勞力到倒下，容我拒絕。玩笑話到此為止，差不多該讓她認真戰鬥了。公主殿下豈止沒有使用魔術，甚至一動也不動這點令人在意，不過現在先專心對付眼前這個人吧。

「阿斯特萊亞流戰技——『天雷之亂花（Stella Bellows）』。」

純黑的閃電纏繞著劍，化為一道雷光，猶如千鳥呼嘯般的巨響聲砍過去。

這個戰技是連續攻擊。就算像剛才那樣在咫尺之間被躲開，只要碰觸，雷擊的二度攻擊就會讓身體的活動變遲鈍。即使她大大往後跳開，緹亞與露比也會看準她落地的時候出手。

妳要怎麼做，最強——？

「竟然用這種小伎倆就想讓我拿出真本事……難不成你瞧不起我？」

「——嗯？」

惡寒竄過背脊，腦中不斷響起警鈴。這種感覺和垃圾師傅以鍛鍊的名義進行認真廝殺時一樣。也就是說，應該要躲開的人是我。

「——疾！」

從身體稍微壓低重心的架式出招的拔刀術。黑鐵之刃瞄準我的首級以神速逼近，朝我襲來。

「——唔！」

不是攻擊的時候。我不理會身體因急遽行動而發出的抗議，往後一躍。不過卡蓮小姐的攻擊不會因此停歇。

「太天真了，盧克斯。比巧克力還要天真（註：日文「天真」和「甜」的發音相同）！」

有如急流般翻騰，同時有如表演般精湛的連擊。我竭力抵擋，但只要一瞬間沒有跟上，轉眼之間就會遭吞噬。而且令人毛骨悚然的是，這只是一般斬擊，並非魔術也並非戰技。

「怎麼了，盧克斯？你只會出一張嘴嗎？」

雖然我想回嗆隨便妳怎麼扯，然而不僅忙著防禦，說到底根本沒有那種餘力。下一秒或許會有斬擊以外的攻擊朝我出招，倘若一個大意就沒命了。

「火焰啊，化為子彈炸裂『鬼火・子彈』！」

即使卡蓮小姐對緹亞的咒文產生反應，朝一旁跳開躲避從背後射來的火焰彈，她不當一回事地用所持的武器劈開魔術。僅有一瞬間，動作停止了。而鐵拳聖女沒有放過這個空檔。

「維尼艾拉流戰技——『虎踏霜柱』！」

以重重踩踏地面的右腳為中心，冰霜的荊棘擴大，把卡蓮小姐下半身凍在冰塊內。

露比高舉拳頭趁勝追擊，但我腦海內的警報再次鳴響。既然無法動彈，露比那一擊為必殺，或者是相當於必殺的攻擊吧？然而為什麼卡蓮小姐在笑呢？

「不可以，露比！快離開她！」

「我拿下了！維尼艾拉流戰技——『龍火崩擊』！」

露比比我的制止早一步揮出纏繞烈焰的拳頭。我和緹亞，以及任何觀眾皆確信這一招會命中，不過現任【亞榭爾騎士】的年輕天才浮現狂傲的笑容，正面架開了。其方法是——

「記憶解放——『斬首八岐大蛇』。」

那為打倒存在於神在時代等同具有無限再生能力、擁有八個頭的大蛇，武神祕技的重現。

八把巨大的刀劍浮現於半空中。內含神聖與災厄這種矛盾的武器，縱使還在戰鬥，卻美麗到令人心醉、忘記呼吸。與此同時，無法推翻的死亡閃過腦海。

「壹之太刀【臨】。」

其中一把劍，朝著露比毫無慈悲地揮下。回過神的我，匯集魔力朝地面一蹬，全速奔馳。

「阿斯特萊亞流戰技——『瞬散』。」

映入眼簾的世界慢到極限。不要覺得可以擋下從記憶中顯現的神劍，現在只要思索跑得愈快愈好。

轟——隆隆隆隆隆隆隆——！

「露比————！盧克斯————！」

隨著響徹鬥技場的爆炸聲，塵煙漫天飛舞。像是與緹亞的叫聲重疊似的，從觀眾席傳來不成聲的慘叫聲。

「……羅伊德老師，你沒有教過學生手下留情這個詞彙嗎？」

「是我的責任嗎？請不要開這種玩笑，就算找遍全世界，會對學生使出記憶解放的笨蛋也只有那傢伙了。也就是說並非我的責任。」

擔任裁判的安卜羅茲校長與羅伊德老師悠哉地交談，那是由於確信我們平安無事。

「就算手下留情了，竟然能在那道斬擊打到地面之前救出露比蒂雅……盧克斯也挺

有一套呢。」

「雖然我很想說多謝稱讚，但是妳瘋了嗎？假如那一招命中露比會有什麼後果……妳也明白吧？」

卡蓮小姐「咻」地吹了聲口哨且讚嘆不已，這讓我的聲音交織著錯愕及怒氣。那並非受重傷就能了事，倘若一個不小心，現在露比可就灰飛煙滅了哦。

「我說過，已經手下留情嘍？畢竟我也調整軌道避免打中人耶？話說回來現在盧克斯的表情……實在太棒了！人家都起雞皮疙瘩了。」

如此說道的卡蓮小姐吐舌舔過嘴唇。她的眼睛有如發現獵物的凶猛肉食獸。以對上學生的模擬戰延伸般的戰鬥而言，那樣的表情不太妙。

「那、那個……盧克斯，十分感謝你在危急的時刻出手幫助……不過可以放我下來了嗎？」

露比壓低平時強勢的聲音，有如裝乖一樣動人且毫無活力，而且還難為情似的扭動身體。接著宛如追擊般，緹亞以顫抖的聲音說：

「盧盧盧、盧克斯！你為什麼對露比公主抱啦！」

經她這麼一說，我才首次察覺現在公主抱著露比。由於全心全意地想從卡蓮小姐的

攻擊下救人，沒料到竟然會演變成這種情況。

「那個……該怎麼說呢。別看我這樣，該說沒有和男士接觸的經驗嗎，應該說這是第一次……可以請你盡可能溫柔一點嗎？」

「…………什麼？」

露比從臉到耳際通紅到似乎可以發動火屬性魔術了，她以超甜蜜的可愛聲音呢喃。

「呵呵，明明正在認真對決，盧克斯還真是不可小覷呢。維尼艾拉家鐵拳聖女的嬌羞模樣太珍貴了，覺得賺到了。」

「露比也是，妳想在盧克斯的懷中待到什麼時候？決鬥還沒結束哦？請以最快的速度離開！」

「連約雷納斯家的天才也成為俘虜了，這就是所謂的英雄好女色嗎？」

「我和那個人不一樣，並不是英雄，請不要隨口說出這種話。」

我輕柔地放下露比，同時反駁，不過卡蓮小姐卻說：「真的嗎？」不改奸笑般的捉弄笑容。

「……我現在就把妳那張笑臉剝下來。」

我用力握住手中的劍。假設沒有命中露比，還是會讓她受重傷。我可沒有寬大到重要的朋友暴露在危險之中還能保持平靜。

「……盧克斯真的很有意思呢。那就不用客氣，我也拿出真本事吧！」

從卡蓮小姐的身體噴出火焰，纏繞在她身上的冰也悉數蒸發了。那股炙熱的餘波，使皮膚產生灼傷的感覺。

她並沒有發動魔術。剛才單純只是讓魔力噴射。不過她的魔術資質夾雜「火」，因此溶化了露比的冰。

那就是所謂的，把顏料融入透明的水中染色的現象。只要是魔術師，會在無意識之中發動並達到的初步技巧。只不過卡蓮小姐的情況，其練度驚人地高。沒有多少魔術師能夠做到和她一樣的事吧？

「這就是那個垃圾師傅擔任過隊長的【亞榭爾騎士】的實力嗎？真是的，這世界真的很廣大呢。」

「比盧克斯所想的還廣大哦？畢竟我的長官比我還要強呀！就算這樣，或許也贏不了龍傑的英雄啦。」

「……請不要隨便抬舉師傅，如果那個人聽見了，只會得意忘形。」

我和那個人交手時，確實沒有贏過他，更不曉得他被稱為英雄的時期，每天只會喝

酒、無可救藥的男人怎麼可能比卡蓮小姐和她的長官那種第一線的魔術師還強。

「啊哈哈哈！盧克斯真的只對梵貝爾・魯拉不留情呢！」

「畢竟我的左右銘是不偏袒家人。」

「嗯——我愈來愈中意了！好，如果我贏了，盧克斯就要當我弟弟！」

卡蓮小姐笑著說出「畢竟我從以前就很想要弟弟」這種可怕的話。她的言論讓我張大嘴合不攏，緹亞和露比啞口無言，亞爾奎娜殿下也一副傷腦筋的表情。附帶一提，羅伊德老師邊嘆氣邊垂下肩，安卜羅茲校長則捧著肚子大笑。

「話說在前頭，我是認真的喔！倘若想拒絕，就要打中我一招哦！」

「妳也太自作主張……」

「呵呵呵，那我要上嘍？這次施展的記憶解放不會手下留情哦？所以盧克斯也全力以赴吧！」

也就是要我使用星劍的記憶解放吧？確實除此之外沒方法抵擋她的攻擊也是事實，不過在這種戰鬥中使用沒關係嗎？那應該是在不一樣的場合，為了守護重要的人而戰才能發揮真正的力量才對。

「怎麼了？不攻過來，就由我出招了！記憶解放——」

「好了，停————！抱歉在你們打得火熱的時候打斷，決鬥到此為止！」

就在卡蓮小姐舉劍到頭的右側、左腳向前一踏時，安卜羅茲校長拍了拍手，介入我們之間。

「等等，校長！接下來才是重頭戲，為什麼妨礙我？」

「原本這只是一般的決鬥哦？而且對手還是今年剛入學的一年級學生。【亞樹爾騎士】面對這種雛鳥拿出真本事，妳也知道會有什麼後果吧？」

「是、是沒錯……可是盧克斯是——！」

「別繼續說下去了，卡蓮．弗爾修，妳沒有那種權利。如果繼續多嘴……就殺了妳哦？」

聲音冰冷到和直到剛才都還在大笑的人就像不同人物，令人聯想肯定無法逃離的死亡，瀑布般的殺氣。

「十、十分抱歉，安卜羅茲校長。」

就算是卡蓮小姐，在真的怒火中燒的安卜羅茲校長面前，也只能乖乖地退下。

「妳明白就好！那麼關於勝負……算是接近盧克斯等人勝利的平手如何？亞爾奎娜公主殿下，有任何意見嗎？」

在這場決鬥當中一動也不動、貫徹沉默到底，見證戰況的亞爾奎娜浮現優雅的微笑如此表示。

「不會，我沒有意見。就算宣判卡蓮小姐過度的攻擊違反規則，也無法反駁。」

「怎麼會！小亞是我的夥伴，我覺得抗議也沒關係哦？」

遭到狠狠地斷言，讓卡蓮小姐慌張不已。不過對於露出那副狼狽模樣的【亞樹爾騎士】，年紀小的公主殿下無情地再度攻擊。

「卡蓮小姐，就算情緒高漲，那樣也做得太過火了。如果露比蒂雅同學和盧克斯同學有了萬一，那該怎麼辦呢？我想應該不會，但是妳該不會認為用我的能力可以解決一切吧？」

「……呃、那是……那個……欸嘿嘿。」

「卡蓮小姐，之後要對妳說教。請做好心理準備哦？」

「那樣太殘忍了吧？」

儘管卡蓮小姐想笑著蒙混過去，在亞爾奎娜殿下眼睛沒有任何笑意、帶著憤怒笑容的宣告下，發出難堪的慘叫聲。充斥殺氣且緊繃的鬥技場的氛圍，終於緩和下來。

「真是的……卡蓮，我原本還期待妳能稍微成長，不但沒有變化，甚至變得更過火了。身為妳以前的教師，真是沒面子。」

「連羅伊德老師也這麼說……我明明很努力呀……嗚嗚。」

卡蓮小姐膝蓋跪地嚎啕大哭。一想到這是拉斯貝特王國最後的王牌【亞榭爾騎士】隊員的模樣，就湧現微妙的心情。現場觀眾席上的學生們也浮現苦笑，不知如何反應，緹亞等人也是——

「露比……妳被盧克斯公主抱時嬌羞不已吧？那是怎麼回事呢？」

「沒那回事！我、我並沒有嬌羞不已！請訂正妳的說法！我只、只不過是第一次被男士抱住，因此很開心……不對，只是感到動搖罷了！」

緹亞半瞇起眼望著露比，她因此罕見地揮動雙手，陷入混亂。

原本以為多少有些消沉，看來絲毫沒有那種跡象。甚至有精神到不像剛打完一場決鬥。本來想說幾句話慰勞她們，不過看來最好等平靜下來以後再說。

「那麼關鍵的亞爾奎娜公主殿下的座位，我判斷決鬥的結果是偏向盧克斯等人勝利的平手。你們也沒有意見吧？」

卡蓮小姐失控都讓人忘記了，這場決鬥原本的目的是決定亞爾奎娜殿下的座位。只要勝利，公主殿下就能坐在我隔壁位置，不過既然沒有贏家，這種結果也是必然的。

「我、我反對！而且有意見！這場決鬥確實因為笨……卡蓮小姐失控而導致平手，因此我放棄盧克斯同學隔壁的座位！不過畢竟也不算輸，因此請讓我坐在盧克斯同學前面的座位！」

「嗚……小亞講話好過分哦。盧克斯，安慰人家啦！」

亞爾奎娜殿下竭力辯解。坐在前面的是雷歐，所以不會有問題嗎？附帶一提，我極力忽視猶如喝得爛醉的師傅又糾纏不休的卡蓮小姐。她嚷著好過分並抓住我的腳，實在有夠煩人。

「……嗯。確實不分勝負呢。這方面可以妥協吧。好，那亞爾奎娜公主殿下的座位就在盧克斯的前面。雷歐尼達斯……你就選一個喜歡的座位吧！那麼重新開始上課！觀眾席的學生請盡速下來！」

在羅伊德老師的號令下，今天的魔術戰鬥課的課程終於開始了。趴在地面的卡蓮小姐被安卜羅茲校長揪住脖子回收了。

「盧、盧克斯！待會也可以公公公、公主抱我嗎？不對，應該說請現在這麼做！」

「……為什麼會這樣？」

「當然是因為只有露比太不公平了啊！所以我也要！」

緹亞敲打我的胸口，開始主張起不得了的聲明，這讓女生們發出興奮的驚呼，男生們則發出帶有咒詛的慘叫聲。我打從心底慶幸不是和西班一起上課。假如亞邁傑在場，就要演變成連戰了。

「呵呵，女生的嫉妒令人不忍直視哦，緹亞。妳那樣子耍任性，反而會讓盧克斯討厭哦？」

「露比閉嘴啦！況且盧克斯才不會因為這種事討厭我！沒錯吧，盧克斯？」

「……不要把話題拋給我。還有不好意思，我不會對妳公主抱哦。」

「怎麼那麼過分……！」

緹亞以彷彿世界末日般的表情頹然跪地。我覺得聽見了安穩的學生生活殘酷地逐漸崩塌的聲音。

亞爾奎娜平靜地凝視因緹亞與露比蒂雅的互動而傷透腦筋的盧克斯，低聲呢喃：

「……雖然無法坐在隔壁很可惜，不過能見識到盧克斯．魯拉的實力，也算意料外的幸運了。」

*****

「亞、亞爾奎娜殿下！假如您願意，要不要一起用午餐呢？」

「說起來為什麼您想要來拉斯貝特王立魔術學園體驗學生生活呢？我很好奇！」

上午的課程結束後的教室內，亞爾奎娜殿下身邊圍著一群人。起初一方面也因為是遙不可及的存在（這個國家的公主殿下），大家都煩惱該如何相處，不過等一回神，已經變成東班的吉祥物，或者說妹妹一樣的存在了。面對王族，這樣沒問題嗎？

「因為明年或許會入學就讀，因此在那之前，我想親自看看這裡是什麼樣的地方、會學到什麼樣的知識。所以就濫用職權來體驗學生生活了。」

如此微笑說道的亞爾奎娜殿下有如畫中的聖女。她毫無隔閡地對待任何人，假如有不懂的事便坦率詢問，聽見答案則表達感謝。與社會對於權威人士的印象相反的態度，就是她一口氣融入班上的原因吧？

「盧克斯，我們該去食堂了，今天要吃什麼呢？」

「我想想哦……偶爾也來試試看挑戰餐吧？老是吃同一種也會膩。」

在緹亞催促下，我伸懶腰以後站起來。雖然才剛下課，但如果不快點過去，就找不到四人座位了。

「盧克斯，我不會害你。請放棄挑戰餐吧。那不是給人吃的餐點。對了！如果你願意，明天起就找來維尼艾拉家的廚師做午餐吧！只要是盧克斯想吃的東西，我都可以準備哦！」

「若是那樣，我可以點豪華牛排嗎？」

「雷歐尼達斯，我不是在跟你說話。你就去吃路邊的野草吧。」

露比以比起往常更惡毒的態度對待雷歐，令人忍不住同情，不過把大貴族的廚師找來學園的食堂會演變成大騷動，還是別這麼做吧。

「盧克斯，別管說出蠢話的露比，我們走吧。」

「……是啊。」

自從魔術戰鬥課的課程以後，露比的言行舉止就變得很奇妙，還是別深入思考吧。

「盧克斯同學！我也可以和你們一起用午餐嗎？」

亞爾奎娜殿下好像叫了我的名字，是錯覺吧？不該和我們，而是和其他同班同學或卡蓮小姐一起用午餐吧？話說我原本在學園內就很顯眼了，不想再變得更引人注目。

「請問！盧克斯同學聽見了嗎？你重聽嗎？還是說不理人呢？」

別回頭。雖然緹亞一副欲言又止的表情，但此時如果有所反應，肯定會有大麻煩。

「嗚……既然如此就沒辦法了。盧克斯同學，假如繼續無視，就以不敬罪命令你當卡蓮小姐的弟弟──」

「您找我嗎，亞爾奎娜殿下！」

職權濫用到一個極致了。倘若這個國家的公主殿下真要這麼做，強制力是截然不同的。別說不允許人拒絕，甚至可能成為受懲罰的對象。

「呵呵呵，你終於肯回頭了呢。那麼前往食堂吧。聽說學園的餐點很美味，請告訴我盧克斯同學推薦的料理吧！」

亞爾奎娜殿下笑著說道，並自然而然地摟住我的手臂。當下，今天第二次夾雜興奮和怨恨的慘叫聲響起，教室內大大動搖了。

「亞爾奎娜殿下，一起用午餐是無所謂，可以請您先放開我嗎？」

我還不想死，也不想被親密的朋友殺掉。

「真是的，對師妹也太見外了吧？請友善地叫我亞爾奎娜吧。不然就像卡蓮小姐那樣叫我小亞也沒關係哦？」

「……我明白了。那麼亞爾奎娜，我再說一次，這種狀況會產生不好的誤解，可以放開我嗎？」

「可是，我拒絕！我想好好了解盧克斯同學。因此親密接觸是最好的方法，這是梵貝爾先生告訴我的！」

看來我的師傅豈止教導公主殿下魔術及戰技，偏偏還灌輸了不得了的思想。

「亞、亞爾奎娜殿下！我認為梵貝爾先生的意思是要了解對手，過招是最好的方法……肯定！就算搞錯！也不是親密接觸！」

垃圾師傅也曾教導過不算徒弟的緹亞戰技，因此即使略為動搖，聲音顫抖，也對公主殿下的說法提出意見。

「一般而言並非透過劍或拳頭相交，而是透過聊天或大家一起出門加深情誼才是普遍的作法吧？」

「雖然我否定，但實際上緹亞和盧克斯正是『坦』誠相見過的情誼啊。當時我也應該跟去的。」

儘管雷歐說出正確的大道理，露比帶著錯愕及後悔開口吐槽，亞爾奎娜卻絲毫不放在心上，甚至一臉得意洋洋地反駁：

「很遺憾地我和緹亞莉絲同學不同，很弱小，就算想和盧克斯同學交手也做不到。因此在這短暫的體驗學生生活期間，為了加深情誼，除了親密接觸以外別無他法了！」

「不對啦，您聽到雷歐尼達斯同學的話了嗎？除了肌膚接觸以外還有其他方法哦？像是接下來一起用午餐，或者假日時一起出門不就好了？」

「不知羞恥！」緹亞也不服輸地應戰。雖然我很想抱怨，假裝沒自己的事在鬼扯什麼，不過那是露比與雷歐聯手策劃的意外，還是別說吧。

「咦？也就是說到了週末我可以和盧克斯同學一起出門嗎？盧克斯同學，那就請你當護花使者嘍！」

「為什麼會變成那樣啊？」

亞爾奎娜的失控有如魔力無法控制、胡亂發射魔術的魔術師，沒有停歇的跡象。就算是緹亞也無法忍受了，臉頰不斷抽蓄。

「既然是這樣，下次放假大家一起出去玩如何？前陣子發生不少事，結果匆匆忙忙的，就當作公主殿下的歡迎會，來悠哉地玩樂吧。」

「雷歐尼達斯，最近你還挺機靈的。我就特別誇獎你吧。」

「那還真是謝了，很榮幸聽見大小姐的讚美。」

雷歐態度生硬地回話。不過露比眼中早已沒有他的身影，心思已飛到玩樂上了。

「前陣子在鬥技場觀賞王冠淘汰賽後，在王都四處散步，這次要安排什麼行程呢？盧克斯有想法嗎？」

「已經決定要出門了嗎……就算妳這樣講，前陣子我也和緹亞一起去購物了，沒什麼特別想做的——」

「我有！我提議去拉斯貝特王城參觀！可以帶大家走遍每一個角落哦！」

在我說完之前，亞爾奎娜舉手提議了。其實這引起我的興趣，不過就算是公主殿下帶路，那並非可以隨便進入的場所吧？

「亞爾奎娜殿下，那樣做還是不太好吧？」

「緹亞說得沒錯，亞爾奎娜殿下。我們這種學生不可以隨便踏入那種地方。」

名門貴族的千金緹亞與露比也心生困惑，連雷歐也裝作沒有聽見。

「呵呵，用不著擔心哦。那裡的氣氛確實有點死板？一觸即發？如果大家要來玩，父王——陛下應該會准許，就連母后或許也會興高采烈地舉辦茶會呢。」

就算退一百步，後半段的茶會先不管，前半段「氣氛死板、一觸即發」無法當作沒聽見。受邀至那種場所完全開心不起來。

「魔導新人祭即將來臨，我也會安排與王城內的王室親衛隊一起鍛鍊哦。等待會兒放學後在更安靜的場所再聊吧！比起這種事，我們快點去食堂吧！午休就要結束了！」

亞爾奎娜說她可不想空著肚子上下午的課，便拉著我的手踏出腳步。

「等等，亞爾奎娜殿下！請您差不多該離開盧克斯了！」

「呵呵呵，緹亞太天真了。這個世界是弱肉強食，凡事先搶先贏。不要老是抱怨，有時不展開攻勢可會無法挽回局勢喲？」

「就像這樣。」露比浮現大膽的笑容，摟住我另一隻空出的手臂。剎那間，微微溫暖又富有彈性、舒適且柔軟的觸感麻痺了腦袋。那是亞爾奎娜所缺少的，也和緹亞的不一樣，可用至高無上形容的觸感。

「……盧克斯，你在偷笑什麼？」

「盧克斯同學是悶騷色狼嗎？」

明明彼此針鋒相對，不要只在這種時候展現默契啊。

「好了啦，妳們倆，不要責備盧克斯。只要是男人，任何人都會有這種反應的！」

「雷歐，那樣完全沒有幫我說話啊？」

應該說與把風屬性魔術朝著火屬性魔術施展是一樣的道理。原本我就沒有在偷笑，也不是悶騷色狼。

「若、若是那樣，盧克斯……我和露比的觸感誰比較好，請回答！」

「……什麼？」

這名大小姐突然說了什麼？雷歐按住嘴角，拚命忍笑，露比也忍不住噴笑了。亞爾奎娜不知為何直盯著自己的胸口。

「來，盧克斯，快點回答。你比較喜歡我和露比哪個的觸感？」

「冷靜一點，緹亞。妳明白自己在說什麼嗎？妳不明白吧？」

「我十分冷靜！為什麼要懷疑？還是說你的意思是，露比比我更好嗎？」

緹亞發出近乎慘叫的聲音，且用力踏著地面。至今累積起來的緹亞莉絲．約雷納斯的形象正發出巨大的聲響逐漸崩塌一事，她可注意到了？

「總有一天，我也能像露比蒂雅同學那樣……像母后那樣雄偉才對！」

緊握拳頭如此呢喃的亞爾奎娜的願望，就當作沒聽見吧。

「來，別管愚蠢的緹亞，我們走吧！再磨蹭下去，別說找不到座位，連餐點都要賣完了！」

「嗚嗚……盧克斯這個笨蛋、色鬼、悶騷色狼！」

結果緹亞的失控持續到抵達食堂為止，儘管用午餐時逐漸冷靜下來，卻十分後悔自己的言行，在下午的課堂上完全不敢對上我的視線。

幕間　密會

魔導新人祭即將開幕，王都比往年更加熱鬧。與這種吵嚷、暢快的氣氛呈現對照，有個人走在人煙稀少的暗巷內。那個人就算穿著黑色外套也遮掩不住的豐滿果實，散發性感氣息，是個與「絕世佳人」相襯的美女。

她的名字叫做艾瑪克蘿芙．烏爾葛斯頓。曾在盧克斯等人就讀的拉斯貝特王立魔術學園執掌教鞭，乃前幾天讓王都陷入絕望深淵的凶手。

「唉……就沒有更像樣一點的集合場所嗎？」

艾瑪克蘿芙聳肩，說出如果讓當事人聽見會生氣，可能演變成彼此廝殺的抱怨。

她當然了解那是無法實現的心願，即使如此也心想能夠不拘小節放鬆地優雅度日就好了。

思考無意義的事情時，艾瑪克蘿芙抵達一間冷清的咖啡廳。這裡距離王都中心相當遠，是最適合密談的場所。

打開生鏽的門走進店裡，如意料之中沒什麼客人，只有像是店長與剛步入老年的男人站在櫃檯。尋找約定的對象時，男人的視線投向深處。看來對方已經到了。

「——不愧是為王室工作的人。很清楚哪裡有這種時髦的店呢。」

見面的對象是教團的外部合作對象。在其中也是個大人物，艾瑪克蘿芙原本沒有料到對方願意和她合作。

「才剛見到面就挺敢說的呢，賣國賊。看來妳很希望自己的首級被砍下來。」

合作對象折起剛讀過的報紙，以籠罩殺氣的聲音詢問。艾瑪克蘿芙則是內心呢喃對方發生了什麼好事，輕佻地回覆：

「哎呀，不好意思呢。剛才那並非諷刺，而是在稱讚哦？畢竟我的同事只願意約在充斥霉味的地下室見面呀。還有，如果我是賣國賊，您就是反叛人士了哦？」

「……我不是過來和妳閒聊的。快點進入正題。」

和不懂玩笑話的人談事情還真麻煩呢。艾瑪克蘿芙在內心抱怨，坐了下來。

「還真性急呢。就我而言，想慢慢地邊喝茶邊聊天的……唉，無所謂。這是約好的東西。可以確認一下嗎？」

聳聳肩開口的艾瑪克蘿芙從懷中拿出一個小木盒放在桌上。盒子裡放著裝有深紅色詭異液體的針筒。

「原來如此。最近在王都郊區發生的暴動讓【亞樹爾騎士】出動，就是因為用了這個嗎？如文字所述，看來是你們的底牌啊。」

邊說邊指的地方，是直到方才閱讀的報紙中的一則新聞。上面詳盡地描述推測是終焉教團的人引發的恐怖攻擊。

「不對哦，這可是能實現想變得更強、想成為英雄的魔術師願望的魔法藥哦。可不是底牌那種了不起的東西。」

雖然艾瑪克蘿芙否認了，但這個物品實際上稱作底牌也沒有問題。畢竟只要把這種液體注入體內，就能獲得足以匹敵王國最強戰力【亞樹爾騎士】同等的力量。

「如果有這種東西，為什麼那個時候不用？假如用了，就不必在這種地方偷偷摸摸地密會了吧？」

「因為最近才終於能實用呀。之前注射以後，所有人都痛苦得失控，最後都死光了啊。這種危險的東西可不能用在重要的作戰上吧？」

「……………邪門外道。」

儘管合作對象以宛如看著垃圾的眼神說道，艾瑪克蘿芙也文風不動地繼續往下說：

「就當作成為同伴的紀念送給您吧！不過像您這種高手，就算不用也沒關係吧。」

「…………」

一瞬間的猶豫後，合作對象收下木盒放入懷中。這個人恐怕比這個國家的任何人都想成為英雄。從十六年前的大災害中沒有成為英雄的那一天起，一直如此。

「那就繼續談吧。計畫的實行日是魔導新人祭當天沒錯吧？」

「是的，計畫沒有變更。這次一定要殺掉龍的容器，重組星球以後親手取回。」

「話說在前頭，邪門外道，我對你們的理想沒有興趣。我只不過是想拯救那一位而已，可別誤會了。」

合作對象如此表示，籠罩殺氣的眼神投過來。不過事已至此，這個人物似乎有個致命的誤會，那實在滑稽又可憐。艾瑪克蘿芙無法忍住笑意。

「呵呵，我明白哦。您不過是為了您自己，我們不過是為了我們的理想達成目的罷了。只不過，我可以說明一件事嗎？」

「……什麼？」

「我們的確是邪門外道哦。不過呀，把情報外流給邪門外道的當下，您也已墮入邪道，可別忘記了。」

第3話 王城探險團 進城篇

「唉……真是太糟糕，好憂鬱，想逃避現實。」

明明青空下萬里無雲，露比的心情卻籠罩厚重的烏雲。一反平時開朗活潑的模樣安靜下來，猶如換了個人似的表情缺乏生氣。原因就是昨天分配好的魔導新人祭的隊伍。

「真是的，就算繼續消沉下去，結果也不會改變哦？如果真的那麼排斥，我也可以和妳換啦？」

「這是兩回事。難得和盧克斯分到同一個隊伍，我可不會輕易放棄。」

緹亞一提議，露比猛然抬頭並乾脆地拒絕了。其現實的變臉模樣，讓緹亞也一口氣鼓起臉頰。

兩人拌嘴的原因，在於昨天進行的魔導新人祭的規則說明及選出代表選手和隊伍分配。我倏地想起當時的情況。

「這個時候終於到來了！要選出今年魔導新人祭的代表選手嘍！」

在情緒無謂亢奮的安卜羅茲校長的指揮下，由【神諭的水晶球】逐一發表在魔導新人祭出賽的學生。從各班級挑選出三到四名學生，而東班除了緹亞和露比，也有我和雷歐的名字。

「然後今年的競技項目為——搶旗戰！那麼接下來要分配隊伍嘍！」

沒有反對的聲音，流暢地決定好競技項目，接下來進入隊伍分配，這方面也順利安排完畢，不過最後一刻事件發生了。

「怎麼可能！我才不認同這種事！」

露比發出怒吼聲，理由是——

「——竟然偏偏和看不順眼的薇奧拉．梅爾克里歐同一隊……只能說情況太糟了。假如沒有盧克斯在，我都想退出比賽了！」

「好啦，已經聽妳抱怨好幾次了！不可以繼續唉聲嘆氣！還是說，妳想和沒有與盧克斯同一隊的我吵架呢？」

「我絲毫沒有那種意思哦！只不過難得和盧克斯同一隊卻有個礙事鬼在，令人不滿罷了。甚至想再度要求替換薇奧拉和緹亞。」

露比如此抱怨，用力咬牙。如她所說，她曾在選拔會結束後找上安卜羅茲校長，請求變更隊伍成員，不過遭到當場否決。就這麼排斥和薇奧拉同學同一隊嗎？

「就算抱怨已經決定好的事項，結果也不會變。雖然和盧克斯分離令人十分惋惜，不過一想到這是讓師兄看見師妹實力的好機會，我會加油的！」

話雖如此，原本緹亞沒有被師傅認可為徒弟，因此並非我的師妹。只不過若指出這一點，恐怕她會抗議：「亞爾奎娜殿下又是如何？」就別說了吧。

「……不管怎麼樣，我也很期待能再次和緹亞交手，而且不打算輕易認輸哦。」

「喂，盧克斯。就由我打碎你的自信，做好心理準備吧！我會在魔導新人祭上讓你嘗嘗敗北的滋味！」

來自亞邁傑令人舒暢的開戰宣告，我不禁揚起嘴角。儘管不曉得是否能見到埃亞迪爾家的祕術，既然那次決鬥他沒有拿出全力，真是期待能再打一場。

「喂喂，亞邁傑，不要因為緹亞莉絲同學和盧克斯融洽地聊天就突然插話啦。好感度會下降哦？」

「煩、煩死了！我可不是抱持那種想法介入話題的！應該說由於雷歐多嘴，會害我

被緹亞莉絲同學誤會！」

浮現壞心笑容的雷歐一說，亞邁傑臉頰稍微泛紅地踢了他的背。

附帶一提，邀請不同班的他參加這場歡迎會的人正是雷歐。理由是在魔導新人祭分到同一隊，因此想加深情誼，不過也有可能單純想帶個人上路。

「呵呵，沒事的，亞邁傑同學，因為我也在思考同一件事情，一起加油吧。」

「好、好的！我會盡心盡力地加油！雷歐，可別扯後腿了！」

「好啦，我會努力不成為兩人的絆腳石。不過說到這，我覺得比起盧克斯，要負責盯好露比蒂雅吧？」

與受到緹亞微笑以對而挺直背桿回應的亞邁傑相反，雷歐無奈地垂下肩膀。

「就是這麼回事，盧克斯。請你做好心理準備哦？祈禱當天為止露比能治好壞掉的地方。」

「哈哈哈……船到橋頭自然直啦。大概，一定，恐怕……」

「唉……真是憂鬱。令人擔心是否能順利呢……」

見到別說重新站起來，甚至更為消沉的露比，我覺得搞不好沒救了，在內心訂正自己的話時，終於看到集合的場所。

聳立的巨大王城無比莊嚴。沒有其他合適的形容詞，拉斯貝特王國的象徵。

看不出有百年歷史的建築物，無一絲痕跡，堅固的石造城牆。縱使世上所有災厄降臨也能悉數排除，這個國家居民的最後希望。

「近距離看，很驚人耶……」

驅逐邪惡的神聖空氣自然讓內心感動的同時，也感受到些微接近反胃的排斥感。

「據說安卜羅茲校長參與了這座王城的建設，在王城內外架設各式各樣的術式。」

「……不愧是世界上唯一的魔法使呢。」

儘管從平時打混的模樣令人無法聯想，不過街頭巷尾都說那個人是鍛鍊出包含龍傑的英雄在內——我現在依然無法置信啦——名留青史的優秀魔術師，世界上最了不起的教師兼魔法使。

「說起來魔法使只存在於童話故事裡吧？我明白校長很厲害，不過那種說法太可疑了吧？」

雷歐的疑惑很有道理。從亞邁傑和露比的表情也看得出他們有同樣的想法。

歸根究柢，所謂魔法是只有存在於神話時代的神明能用的奇蹟之力。那種力量沒有限制，據說甚至能讓死者復生。由於強大且毫無道理，因此乃人之身絕不可操控的禁忌

力量。

不過那種魔法也隨著【黃昏的終焉大戰（Titanomachy）】落幕、神明離開地面而完全失傳，到了現代，已經沒有人親眼見過那是什麼樣的力量。

「直到最近我也是同樣想法，實際上親身體驗轉移魔術後，就無法否定了。那個人是貨真價實的。」

「同感呢，以前師傅也提過——」

我敬愛的垃圾師傅對於自己的實力抱持無可動搖的自信。只不過那並非驕傲或誇大其辭，他確實具有那般值得誇耀的力量。因此我歷經數也數不清的死地。

面對典型桀驁不馴的師傅，我只問過他一次「有人比你強大嗎？」當然是在他喝得爛醉時問的。

——比我強的人？雖然很想回答才沒有這種人，不過當然有啊。總共有三個人。第一個是我的師傅，那個人是不合常理的化身，現在也不覺得能贏過她。第二個是我的妹妹……也就是你母親呢，魔術和戰技的才華並不出眾，但是她的心靈比任何人都堅強。而最後一個是比任何人都不懂放棄又固執、不成熟到憧憬英雄的蠢蛋。然而總是追逐理想的模樣對我來說太耀眼了——

「竟然讓梵貝爾・魯拉說到那種地步……平時那不正經的態度果然只是偽裝嗎？」

「如果不是那樣，就不會從學園創設以來擔任校長至今了。」

「就我而言，比起魔法使，與妖精種混血的傳聞更令我在意就是了。」

確實，既然參與拉斯貝特王城的建設，代表安卜羅茲校長的年齡也超過一百歲了，不過其美貌耀眼奪目，稱得上正值花樣年華。如此一來，據說滅絕已久的妖精種混血兒的說法也有可信度了。

「先不提存在本身不可思議的安卜羅茲校長。約好的時間就快到了，卻沒看見亞爾奎娜殿下呢。」

指定今天的集合時間與場所的就是歡迎會的主角亞爾奎娜本人，不過她該不會遲到吧？光是身穿制服的五個人站在王城前等待就夠引人側目了，希望她快點出現。

「話說回來，亞爾奎娜殿下融入班級的速度也太快了。都要忘記她是來體驗學生生活的。」

「就像真的同班同學呢。如果直接正式入學，也不會覺得奇怪呢。」

雷歐與露比說得沒錯，亞爾奎娜來到學園過了一週，她已經完全融入東班。

起初畏懼公主的立場，不敢找她搭話，反倒是亞爾奎娜主動積極找人聊天，等一回神，她已成為班級中心的存在。

「不、不可以！就算是王族，給予特別待遇違反拉斯貝特王立魔術學園的理念！盧克斯也是同樣想法吧？」

「如果要這麼說，我也像是經由特別待遇入學的啊。」

「盧克斯沒有關係啦！因為你和校長決鬥，拿下接近勝利的平手結果時，獲選為特別生也是理所當然的！」

那也不過是僅僅一分鐘的戰鬥，加上校長大幅放水的結果。憑現在的我全力以赴挑戰，也遠不及那個人。本來就連師傅也贏不了，那我根本不可能有勝算。

「──大家！讓你們久等了！」

從門後傳來熟悉的聲音，轉頭一望，亞爾奎娜輕盈地揮手，快步朝我們走來。主角登場，我們終於安心地吁了口氣。

「不好意思。準備和說服花了我一些時間……」

亞爾奎娜額頭滲出汗水，浮現苦笑。如她所說花時間準備，今天她和在學園時判若兩人。

服裝並非制服，而是和一國公主匹配的禮服。沒有華麗的裝飾，不過一眼就曉得以最高等級的布料裁縫。露出鎖骨和胸口的設計，在清純與可愛中帶著不符年齡的豔麗。另外，從頸部垂下鑲嵌寶石和王冠形狀的項鍊，令人感受到從各種災厄中守護她的不可思議親情。

「亞爾奎娜殿下，雖然我不太想知道，不過說服是什麼意思呢？該不會是指說服陛下吧？」

「請放心吧，緹亞莉絲同學。父……陛下龍心大悅地准許了。只是棘手的是——」

「——您說誰頑固又棘手啊，亞爾奎娜殿下？」

在亞爾奎娜說完之前，從背後傳來的聲音蓋過她的話。亞爾奎娜膽怯地轉頭一看，站在眼前的是帶著錯愕表情的一名女中豪傑。

深邃而端正的五官同時帶著美豔及剛毅，兼具柔軟和強健的肉體，比起魔術師更像個戰士吧。掛在腰部的劍更強調了這一點。

純白外套的胸襟上，刻著國旗的深紅色胸章閃閃發亮，看見徽章的緹亞驚訝地睜圓了雙眼。難不成這個人是名人嗎？

「古、古菈蒂亞小姐？什麼時候來的……話說我沒說得那麼過分哦？」

「您不想聽我叨唸，離開房間了吧？真是的，陛下也太沒危機意識了。也請為負責這座王城維安的我著想一下啊。」

古菈蒂亞小姐宛如羅伊德老師一樣重重嘆氣。這個人一定也被亞爾奎娜的任性耍得團團轉吧？只不過看見那心虛的模樣，亞爾奎娜也對叨唸的內容本身沒有異議，應該說正確理解了吧。

「自我介紹晚了。我是古菈蒂亞．拜賽，擔任王室親衛隊隊長。以後請多指教。」

古菈蒂亞小姐如此表示，端正行禮，我們因此也不禁挺直背桿，點頭回應。

王室親衛隊正如其名，主要任務為護衛王室的特殊部隊。加入這個部隊，不僅需要單純的實力，加上也重視家世，因此某種意義而言比加入【亞樹爾騎士】更困難。畢竟主要的勤務地點在王城，這也是理所當然的。

「從我小時候，古菈蒂亞小姐就擔任我的護衛了。雖然有點囉嗦，或者說正經八百且愛操心的地方美中不足，不過是個非常好的人。」

「誰正經八百又愛操心了？說到底，前幾天才剛發生那種事情，卻邀請外人來到王城，身為維安負責人實在無法允許。」

「那種事情是什麼意思呢？該不會指王城內發生事件了吧？」

對於古菈蒂亞小姐的話有所反應的露比正面詢問。即使緹亞嘆氣並嘟囔：「還有更委婉的說法吧。」但倘若能做到這種細微的顧慮，她就不會被說腦袋裝肌肉了。

「妳是維尼艾拉家的……那麼隱瞞也沒有用呢。其實前幾天，就在召喚獵狼王的同一個時間點，王城遭受終焉教團的襲擊了。」

聽到說明，我們一同啞口無言。沒想到那史無前例的大騷動背後曾發生那種事件。

「因此，現在王城中是高度警戒的狀態。在這種狀況中邀請同學太危險了，為什麼光擄走緹亞、想搶走師傅送我的星劍還不夠，竟然還襲擊王城，那些人到底有何目的？您就是不了解呢？」

錯愕之中蘊含憤慨。一方面也因為身為王室親衛隊的隊長，不過遠大於此的是為了細心照料的珍視孩子著想，因此才提出忠告。然而常言道，孩子不知父母心，古菈蒂亞的擔憂沒有傳達給亞爾奎娜。

「哎呀，意思是王室親衛隊無法保護我們嗎？妳以那麼懦弱的心態執行維安嗎？」

「不是，絕不是那樣……」

「那就沒問題了！相信古菈蒂亞小姐會好好保護我們。而且如果有個萬一，盧克斯也在，請妳放心吧。」

「盧克斯？那麼他就是梵貝爾・魯拉的兒子兼唯一的徒弟？亞爾奎娜殿下著迷的男學生嗎？」

「等一下，我並沒有著迷哦！」

亞爾奎娜面紅耳赤地敲打古菈蒂亞小姐的胸口。然而毫不理會那可愛的反抗，王室親衛隊隊長凝視著我。

「……雖然不相信那個男人有孩子，原來如此……你和那個男人長得很像。」

「那個人養育了我，但並非我的親生父親。」

「不論如何，你們長得很像。話說回來……沒想到突然辭去【亞榭爾騎士】隱居的理由竟然是養育孩子。真是胡來的男人。」

如此說道的古菈蒂亞小姐，用幾乎滲血的力道緊咬嘴唇。難不成垃圾師傅曾對這個人做了什麼不好的事情嗎？

「古菈蒂亞小姐和梵貝爾先生同一梯加入王國魔術師軍。所以才有不少想法吧？」

「我並沒有想法。像是決鬥時打贏就跑、根本不曾認真和我戰鬥之類的事情，我一點也不怨恨。」

「想法不是挺多的嗎……」

我不禁吐槽哼一聲別過臉的古菈蒂亞小姐。

「呵呵，既然看見古菈蒂亞小姐罕見鬧彆扭的表情，我們差不多該移動了。我來帶各位參觀王城！」

「我沒有鬧彆扭！請不要說奇怪的話！還有由我帶路，請不要一個人擅自離開！」

古菈蒂亞小姐慌張地追上健步如飛的亞爾奎娜身後。宛如真正親子的互動般令人莞爾，同時一再轉變的話題也讓我們感到疲憊了。

「大家在發什麼呆？不快點走，就要丟下你們嘍！」

在自由奔放過頭的公主殿下的催促下，我們面面相覷地苦笑後，一腳踏入王城內。

＊＊＊＊

「我就直說了，王城內比想像中還要普通耶。」

雷歐走在城內，以失望的模樣嘟囔。過於直接的感想讓亞爾奎娜和古菈蒂亞小姐都露出苦笑。

「雷歐尼達斯，你該不會以為王城是金碧輝煌、豪奢的場所吧？」

「咦，不對嗎？王城不就是那種場所嗎？」

雷歐視線投向我們，彷彿在說「你們也有同樣想法吧」似的。一直在遠離人煙的場所過日子的我根本想都沒想過國王陛下等人過著什麼樣的生活，不知如何回話。不過我也並非不明白雷歐的想法。因為是王室居住的地方，原以為是豪華絢爛的場所。不過亞邁傑似乎不這麼想——

「先不提盧克斯，雷歐尼達斯好歹也是這個國家的貴族子弟吧？那麼，至少應該知道拉斯貝特王家的座右銘是謙虛踏實、剛毅樸實吧？」

「不是啦，這點小事我當然知道啊。不過這裡是王城耶？王室居住的場所耶？你們不認為該說缺乏夢想還是浪漫嗎，小子們？」

「我不覺得。」

「雷歐尼達斯，如果用浪漫能讓國家運作，執政者就不會那麼辛苦了哦。」

「為什麼啦啦啦啦啦——！」

我與亞邁傑冷淡的反應，使得雷歐邊大叫邊踩踏地面抗議。那太過令人惋惜的反應讓女生們露出苦笑，連露比也露出輕視的眼神看向他。

「比起這種事，盧克斯，你察覺了嗎？」

「……在說王城內的氣氛似乎殺氣騰騰嗎？」

配合觀察周圍並壓低聲音朝我搭話的亞邁傑，我也低聲回話。自從踏入王城以後，就察覺充斥著令人凍結般的異常殺氣。不曉得理由，肯定至少在觀察我們這群不受歡迎的客人是敵人還是同伴。

「而且這種感覺……不是這幾天開始的。盧克斯怎麼想？」

「古菈蒂亞小姐提過吧？王城內曾遭受教團的襲擊。既然發生過那種重大事件，會殺氣騰騰也莫可奈何吧？」

在我們不曉得的地方，終焉教團引發了重大事件。一想到在警戒他們的動向，王城內充滿火藥味也不在話下，不過對魔術學園的學生且作為亞爾奎娜的友人受到邀請的我們也投以同樣的視線，也太神經質了。

「既然如此，為什麼亞爾奎娜殿下邀請我們來到王城？難道在測試我們嗎？」

「不曉得。只能說亞爾奎娜有她的考量吧。也不能排除什麼也沒想的可能性啦。」

我和亞邁傑偷偷摸摸地討論這種得不到答案的事情時，倏地感覺到視線。視線的主人正是亞爾奎娜，她的嘴角浮現魅惑的笑意，眼睛也閃爍妖豔的光芒。

「帶領就讀魔術學園的大家探險王城，果然很無趣吧？那麼差不多該帶大家到精心籌備的場所了！拜託古菈蒂亞小姐了！」

「遵命，請往這裡走。」

古菈蒂亞小姐從亞爾奎娜手中接下帶路的任務，帶領我們來到王城內像是中庭的場所。那裡有四名魔術師正在鍛鍊。

「如我們的約定，我驅使權力，準備了與王室親衛隊的成員鍛鍊的場所！魔導新人祭即將到來，請盡情鍛鍊吧！」

「什麼……原本以為不可能，沒想到真的實現了。亞爾奎娜殿下，感激不盡。」

「亞爾奎娜殿下，十分感謝您安排如此寶貴的行程。」

露比與緹亞一同表達感激。

「呵呵，盧克斯同學，如此一來稍微對我刮目相看了吧？」

「說什麼刮目相看，只有亞爾奎娜能做到這種事，我覺得很厲害啊？」

「那就太好了。別看我這樣，我也有不少想法哦？只是沒什麼機會說出口罷了！」

亞爾奎娜鼓起臉頰主張，同時不斷拍打我的肩膀。看來剛才的對話，她一字不漏地聽見了。

「附帶一提，我特別安排盧克斯同學由古菈蒂亞小姐嚴格訓練，請好好加油哦！」

「等一下，亞爾奎娜。古菈蒂亞小姐是王室親衛隊隊長吧？那種人陪同訓練……」

「請放心。由於公主的要求，我安排的特別課程不至於讓你丟掉小命。絕對沒有夾雜私怨。」

古菈蒂亞小姐以極為正經的表情說道，今天明明才第一次碰面，私怨到底是指什麼事情啊？不過在我開口詢問以前，古菈蒂亞小姐已經脫下外套，開始伸展了。

「來，別浪費時間了，趕緊開始鍛鍊吧。首先徒手過招一百回合。你也準備好。」

「……開玩笑的吧？」

以顫抖的聲音詢問，也只感受到無聲的壓力，我於內心吶喊「放過我吧」，無可奈何地開始準備。這段期間，在古菈蒂亞小姐的指示下，緹亞等人也和指導自己的隊員打起招呼。

「那麼各位，請度過一段有意義的時間吧。我就邊泡茶邊等著。」

如此說道的亞爾奎娜笑著揮手離開我們身邊。看見她的模樣，親衛隊每個人的表情都緩和下來了。原來如此，對他們而言，亞爾奎娜不僅是護衛對象，同時也是偶像般的存在。

「來，差不多開始吧。盧克斯，我從一開始就不會手下留情，只會全力以赴，做好心理準備吧。」

「我對妳做了什麼事嗎？」

不過抗議也是徒勞，之後我澈底被古菈蒂亞小姐狠狠鞭策一番。太沒道理了。

＊＊＊＊

與王室親衛隊的成員鍛鍊完畢時，太陽已經下山。古菈蒂亞小姐的特別課程不到師傅地獄鍛鍊的級別，不過嚴苛到身體久違地感到疲憊。

「大家，鍛鍊辛苦了。原本我想帶大家參觀王城裡更多地方，不過古菈蒂亞小姐壞心眼，因此計畫泡湯了。」

「不是已經安排鍛鍊的時間填補行程了嗎？而且我昨天也說過，這已經是最大的讓步了，請不要忘記。」

而現在，我們來到亞爾奎娜的寢室享用紅茶。同時當然了，我們這些沒進過女生房間的男生們如坐針氈。泰然自若且優雅放鬆的緹亞與露比令人羨慕不已。

「請不要沮喪，亞爾奎娜殿下。我們過得十分開心喔。」

「緹亞說得沒錯，光是能在王城中四處走走看看，已經是充分的體驗了。」

緹亞與露比竭力安撫十分沮喪的亞爾奎娜。雖然就像安撫教人傷腦筋的妹妹般令人莞爾的景象，遺憾的是我們沒有笑出來的餘力。

「慘、慘了……只不過待在這裡，我就快發瘋了。沒想到生平第一次進到女孩子房間，竟然是公主殿下的房間……」

「這、這次我完全同意雷歐尼達斯。我也是第一次踏入女生的房間，緊張到心臟都要從嘴巴跳出來了。」

顫抖地端著茶杯啜飲紅茶，肯定嘗不出任何味道吧？我也曾在摸不著頭緒的情況下被帶到緹亞自宅並款待茶飲時，感到非常困惑。

「……盧克斯絲毫不動搖呢？難不成你不是第一次踏入女生房間？已經習慣了？」

「難難難、難不成你曾進過緹亞莉絲同學的房間嗎？是這樣嗎？」

亞邁傑以想揪住人的氣勢猛然把臉湊近。雷歐的嘴角也浮現討人厭的笑意，把身體靠過來。好悶熱，放過我吧。

「冷靜一點，亞邁傑。我沒有去過緹亞的房間，放心吧。我和你們倆一樣，都是第一次進入女生房間啦。」

「唉，雖然沒有進房間，卻一起洗過澡呢。」

「——咳咳！」

雷歐突如其來的發言，讓緹亞罕見地動搖並嗆到。亞爾奎娜驚訝地以手掩住嘴角，古菈蒂亞小姐投向我的視線就像在說不健全。了解情況的露比優雅地繼續啜飲紅茶。

「…………雷歐，你剛剛說了什麼？」

亞邁傑的聲音急遽壓低。埃亞迪爾家的繼承人額頭上冒出青筋，緩緩把手放在我的肩膀上，以冰冷的聲音說：

「欸，盧克斯。我把你當成交情不錯的朋友、競爭對手，也是救命恩人。所以老實回答我。你真的和緹亞莉絲同學一起混混混、混浴了嗎？」

「到底怎麼樣？」亞邁傑如此大叫。縱使為意外，和緹亞一起泡在浴池裡是不爭的事實，不過此時老實承認，可以預測他會抓狂。那麼，該如何回答呢？

「是事實沒錯，亞邁傑。緹亞和盧克斯曾經一起泡澡呢。現在回想起來，我送給敵人太多鹽了（註：敵人陷入困難時不針對弱點進攻，反而從苦境中拯救對方的意思），很後悔呢。」

「等等，露比？妳在說什麼？」

「哎呀哎呀……過去果斷拒絕眾多婚約提議而聞名的緹亞莉絲同學，竟然在交往以前就和男生有了肌膚接觸……意外地挺積極的耶？還是說妳是個好色女人呢？」

「誰、誰是好色女人啦？本來我會和盧克斯一起泡澡是因為遭露比設計，絕對不是因為我想這麼做！」

面對亞爾奎娜帶著疑惑的眼神，臉通紅到彷彿要冒出蒸氣的緹亞踏著地面抗議，同時竭力否認。

「緹亞說得沒錯。那是露比和雷歐設計的陷阱，不是緹亞自己想泡澡的。」

「盧克斯，你這是什麼話？就算遭雷歐尼達斯和露比蒂雅同學聯手設計，你和緹亞莉絲同學曾一起泡澡是不爭的事實啊！」

「應該說分明察覺是陷阱卻繼續一起泡澡才有問題吧？」

「亞爾奎娜殿下說得沒錯呢。盧克斯，健全的男生想和年輕的少女一起泡澡或許很正常吧。但既然身為學生，最好多少節制自己的行為比較好哦。」

我的辯解受到三人、三種說法一刀兩斷了。然而令人悲哀的是，我與緹亞缺乏能反駁亞邁傑和亞爾奎娜的說詞。而且最後古菈蒂亞小姐即使表達基本的理解，最後還給予忠告。我們只能垂頭不語。

「其實我很疑惑，為什麼想讓盧克斯同學和緹亞莉絲同學在浴池碰面呢？」

「那還用說嗎？為了加深情誼，『坦』誠相見當然是最好的作法嘍。唉，由於當時緹亞哭著求我想辦法，我才請雷歐尼達斯幫忙啦。」

「哎呀……當時還替換布簾、趕走閒雜人等，為了讓兩人私下相處，真是累死了。」

說到這裡，兩人哈哈大笑。私底下做了那麼多令人感動的努力讓人驚訝，同時也無然而盧克斯別說感謝我了，還出手打人耶。」

「不過露比蒂雅同學或許說得有道理呢。」

比傻眼。要在別的事情上努力啊。

「……亞爾奎娜殿下，您又想到什麼不得體的事情了嗎？」

長年以來的交情使得直覺響起警報，古菈蒂亞小姐一臉狐疑地詢問。亞爾奎娜聽見後，露出得意洋洋的微笑如此表示：

「為了加深情誼，加上為了洗淨鍛鍊而流下的汗水，接下來大家一起洗澡如何？」

「「「「……什麼？」」」」

天外飛來的提議讓五人的聲音完美重疊了。古菈蒂亞小姐只是錯愕地抱頭。亞爾奎娜不理會我們的心境，滔滔不絕地往下說：

「體驗學生生活的期間還剩一段日子，像這樣認識也是一種緣分。我想透過這個機會和大家變得更親近！」

「唉……您明白自己在說什麼嗎？亞爾奎娜殿下，請稍微冷靜下來。」

「古菈蒂亞小姐說得沒錯！確實流了一身汗，但沒必要一起洗澡！」

「沒有錯！不不不、不論如何，讓沒有交往的男士看到肌膚實在太不純潔了！」

抱頭煩惱的古菈蒂亞小姐彷彿在說不曉得如何收拾殘局。如滿臉通紅大叫的緹亞所說，用不著裸體相見也可以更友好。最重要的是，就是為了這麼做才舉辦歡迎會。不過曾經設計讓人裸體相見的露比那樣反應，不是挺奇怪的嗎？

「喂喂喂，該怎麼辦啊？我們就這樣登上轉大人的階梯嗎？是嗎？」

「冷冷冷、冷靜一點雷歐！話題太跳躍了！要經過純潔、誠實的交往以後才能這麼做啊！」

「……你們倆都冷靜一點。」

雷歐與亞邁傑想像著不會發生的事情，慌慌張張的。不過洗個澡，怎麼可能演變成那種情境啦？

「真是的，大家在想什麼啦？要一起洗澡的只有緹亞莉絲同學和露比蒂雅同學而已哦？難道盧克斯同學你們也想一起洗嗎？」

亞爾奎娜聳肩表示無法置信，而女生陣容彷彿想說：「這是我們的心聲。」男生陣容尷尬地垂頭。現場瀰漫難以言喻的氣氛。

「如果是這樣，請隨意……我很想這麼說，不過浴室可是最毫無防備的密室。在不會妨礙的範圍內，容我擔任戒備，可以嗎？」

「當然沒有問題哦，古菈蒂亞小姐。對了！盧克斯同學也可以加入戒備嗎？」

「為什麼會變成那樣？」

假如帶著星劍就算了，然而和古菈蒂亞小姐不同，今天我兩手空空。萬一遇襲，沒有自信能迎擊。

「什麼啊，若是這樣，那我願意一起洗！露比怎麼樣？」

「我當然也沒有意見哦。畢竟平時沒什麼機會在王城的浴室泡澡呢。」

「呵呵呵，就這麼決定了呢。那麼趕緊移動吧！盧克斯同學、古菈蒂亞小姐，拜託你們了！」

「請、請問……亞爾奎娜殿下，我們該如何是好呢？」

雷歐以顫抖的聲音詢問快速起身後開始移動的亞爾奎娜。倘若我和古菈蒂亞小姐戒備洗澡時的三個人，剩餘的兩人必然無事可做。該不會直接叫他們回家吧？那種待遇未免太可憐了。

「那個……古菈蒂亞小姐，該怎麼辦才好？」

「唉……不經大腦思考就把話說出口，是公主的壞習慣哦。我想想……那麼你們倆就和我的部下一同負責王城內的巡邏任務如何？」

亞爾奎娜哈哈大笑，無奈聳肩的古菈蒂亞小姐也靈機一動地提議。難道這兩人很相像嗎？

「像、像我們這種學生可以和王室親衛隊的大家一起工作嗎？」

「雷歐尼達斯說得沒錯。我對這個提議有興趣，但我們不會妨礙工作嗎？」

就算是雷歐與亞邁傑也隱藏不了困惑。豈止和現任的王室親衛隊的成員鍛鍊，能近距離看見他們工作的模樣，會成為無比寶貴的經驗吧？不如說我也想加入那邊了。

「關於這一點，沒有問題。就鍛鍊時的表現，你們倆都擁有足以在第一線戰鬥的能力哦。王室親衛隊隊長的我可以保證。要感到自豪。」

古菈蒂亞小姐堅定的話讓兩人大為感動。被守護王家即國家心臟的總負責人稱讚，任誰都會有這種反應吧。

「不過不好意思，盧克斯先生請和我一起應付亞爾奎娜殿下的任性吧。況且我個人也有事情想問你。」

古菈蒂亞小姐如此說道，砰一聲把手放在我的肩膀上。她想向初次見面的我問什麼事呢？

「比誰都追求理想，化為修羅，持續懲奸除惡的那個男人辭去【亞樹爾騎士】以後做了什麼？你從他身上學到了什麼？我想問這些事。」

懇求般的訴說讓我大吃一驚。古菈蒂亞小姐是隸屬王國魔術師團的團員，和師傅同梯、一再找他決鬥的關係吧？或許能聽見我所不知情的那個人的一面。

「我明白了。不曉得是否能講得有趣，如果不介意。相反的，也請古菈蒂亞小姐告訴我師傅的往事。」

「呵呵，明白了。只要是我知情的範圍，都可以告訴你哦。」

作為交涉成立的證明，我們握了手。那是歷經長年修練、僵硬且骨節分明的手。然而除了力道強以外，也感受到一種溫柔，彷彿明白了亞爾奎娜仰慕她的理由。

「……總覺得盧克斯和古菈蒂亞小姐之間的感覺還不錯呢？是我多心了嗎？」

「不是，緹亞沒有多心。看在我眼中也是如此。難道盧克斯喜歡大姊姊嗎？」

「古菈蒂亞小姐終於迎來春天了嗎……不過我覺得對學生出手不太好哦？」

女生陣容自作主張的討論讓我錯愕得無言以對，古菈蒂亞小姐長年侍奉的主人不當的言論，使她憤怒地勉強擠出一張笑臉。宛若爆發前一刻的特大魔術，僅僅令人恐懼。

「您說誰是沒有初戀的魚乾女？就算貴為公主，也不允許那種魯莽的言論哦？」

我了解妳的心情，不過希望妳先放手。這樣下去，我的右手會發出聲響粉碎的。

第4話　王城探險團　洗澡篇

「沒想到有一天竟然會和公主殿下一起洗澡……」

我——緹亞莉絲・約雷納斯——解開制服上衣的鈕扣，浮現苦笑。

明明是亞爾奎娜殿下的歡迎會卻由主角帶路參觀王城，到這裡還沒問題，然而根本沒料到包含露比在內的三個人會一起洗澡。

「欸嘿嘿，我的夢想是和朋友一起洗澡，幫忙洗背呢！」

亞爾奎娜殿下一邊脫下禮服一邊開心地說道。附帶一提，就三人使用而言過於寬敞的更衣室，除了我們以外沒有別人，不過一想到盧克斯就在隔著一扇門的另一邊，就覺得有點緊張。

「呵呵呵，您的話是我的榮幸哦。如果不嫌棄，就讓我幫您洗背吧！」

「謝謝妳，露比蒂雅同學。那麼我也幫露比蒂雅同學洗背哦！緹亞莉絲同學也……可以吧？」

「咦……？啊，當然可以哦！也請讓我幫亞爾奎娜殿下洗背。」

在我發呆時話題拋來，於是慌張地回答。從小一起長大的露比瞇眼看了我後嘆氣。

「唉……反正想到盧克斯就在門外，因此小鹿亂撞吧？真是的，裝清純的好色女人就是這樣才教人傷腦筋。」

「好、好色女人？露比，那樣也說得太過火了吧？」

「原來緹亞莉絲同學是好色女人呀。畢竟和盧克斯同學在浴池碰面也不在乎地一起泡澡，一想到這樣……嗚，我說不下去了！」

「呀！」亞爾奎娜殿下遮住臉，發出可愛的叫聲。名譽毀損也要適可而止，不過為了減少隔閡而和盧克斯一起泡澡也是不爭的事實，因此無法堅決地反駁，真不甘心。

「話說回來，亞爾奎娜殿下的身體真的很美呢。同樣身為女性，十分羨慕呢。」

「沒那回事哦。我和露比蒂雅同學和緹亞莉絲同學相比，還是孩童的體型……」

假如雷歐尼達斯等人在場，就會異口同聲地斷言：「沒那回事！」吧。亞爾奎娜殿下的身體美麗到連同樣身為女生的我都感到嫉妒了。

「無一絲瑕疵、白皙又滑嫩的肌膚。可愛又端正的碗型胸部。緊緻的腰身加上蜜桃般柔軟的臀部……有如女神大人轉生呢。」

「女、女神大人轉生？再怎麼說也太過頭啦。我可不是那麼厲害的人！」

雖然形容得很誇張，不過我覺得露比描述的是毫無虛假的事實。亞爾奎娜殿下說自己是孩童體型，但並非如此。儘管她的身體已經完美無瑕，還帶著未來會更加成長的幾分餘地的矛盾。

「亞爾奎娜殿下，露比說得沒錯哦。而且大胸也不是只有好事啊！」

「沒有錯，亞爾奎娜殿下。肩膀會很酸，還找不到可愛的內衣，應該說壞事比較多呢！所以請不要那麼悲觀！」

我和露比一起說出不曉得是否有安慰效果的話。

「嗚……兩位都不懂小胸的悲哀。這樣一來，只能找盧克斯同學安慰──」

「不可以！絕對不可以！如果這麼做，就真的變成好色女人了哦！」

「沒沒沒、沒有錯！您貴為公主，不可以隨便讓男士看見裸體！」

我和露比盡全力阻止亞爾奎娜殿下的暴行，但我也想問清楚所謂讓人安慰是要對方怎麼做。只不過倘若開口問了肯定會遭到白眼，因此強硬地壓下想法。

「呵呵，開玩笑的啦。再怎麼樣也不會那麼做的。而且如果要讓他安慰，不要選在浴室，在寢室的床上訴說情話更好──」

「停————！別再繼續說了，亞爾奎娜殿下！」

我竭力吶喊，不讓面紅耳赤、扭動著身體並把赤裸裸的妄想脫口而出的第二公主殿下把話說到最後。

附帶一提，不曉得在想像什麼，露比的臉紅到連耳朵都彷彿冒出蒸氣，宛如連呼吸的方法也忘記的魚，嘴巴一張一合。這樣看著，這名直腸子的大小姐實在天真又純情。

「就說我在開玩笑啦。我還要很久以後才會登上通往大人的階梯吧。更重要的是，如果一直裸著身體會感冒的，我們進去吧！」

「等等，亞爾奎娜殿下？很危險，請不要拉人！是說在這之前請讓我圍上浴巾！圍上浴巾！」

被天真無邪、開心嘻笑著，以剛出生模樣的亞爾奎娜殿下拉住手，我們踏入王族專用的浴室。

「在床上訴說情話，並登上大人的階梯……和盧克斯……一起……嗚呵呵。我怎麼在想這種不知羞恥的事情——！」

依然沉浸在妄想的世界、露出噁心笑容的露比，讓我於內心堅定發誓，決不讓她再叫我好色女人。

＊＊＊＊＊

聽見三人吵嚷的聲音隔著一道門從背後傳來，我和古菈蒂亞小姐一起守備浴室。現在雷歐和亞邁傑正在和現任的王室親衛隊等人一起巡邏王城吧？有點羨慕呢。

「盧克斯先生，不好意思，要你奉陪公主殿下的任性。」

我的想法大概被看穿了，古菈蒂亞小姐滿臉歉意地苦笑朝我搭話。如果說出口，緹亞或許會鼓起腮幫子朝我抗議，不過至今認識的女性之中，這個人或許是最正經的。

「其實盧克斯先生也想加入那個楚楚可憐的花園吧？然而我實在無法允許，請你諒解。」

「應該說謝謝妳沒有允許！」

撤回前言。這個人或許也沒救了。會加入那個圈子，只有罔顧性命且被欲望支配的人而已。我完全、絲毫、一丁點都沒有這種想法。

「呵呵，玩笑話就先放一邊。梵……梵貝爾．魯拉過得好嗎？」

「不曉得。畢竟是那個人，我想不至於死在路邊，但也不曉得他人在何方、在做什麼。畢竟他行蹤不明了。」

「看來把債務推給你之後就消失無蹤的傳聞是真的啊。真是的，那個混帳依然故我呢。」

古菈蒂亞小姐緊握拳頭。難不成師傅從以前就愛揮霍嗎？

「古菈蒂亞小姐眼中的師傅——梵貝爾．魯拉是什麼樣的人呢？」

我的問題或許出乎意料，古菈蒂亞小姐剎時浮現驚訝的表情，立刻一手扶著下巴，懷念似的開始訴說：

「我想想……很難用一句話形容他，但簡單來說，就是比任何人都想當英雄和正義夥伴的男人吧。」

如此說道的古菈蒂亞小姐臉上浮現的表情大部分是羨慕，不過在我眼中，隱約交雜憤怒及糾結般的情緒。

「證據就是梵擔任隊長時的【亞樹爾騎士】上前線的頻率，現在根本比不上，為了王國奮戰到甚至不需要魔術師團的地步。」

和以前雷歐告訴我的話一樣。在我面前從日正當中開始喝酒，或一掃憂鬱似的鍛鍊我的旁若無人的男人，根本不像同一人。

「社會大眾把梵稱作真正的正義夥伴、道地的英雄，而他引以為傲也是事實。只不過相對的私生活糟透了……雖然不太為人所知，但任務結束以後一個人大口灌酒，或稱轉換心情而以蒙面選手之身參加決鬥，過得隨心所欲哦。」

「哈哈哈……畢竟師傅從以前就喜歡喝酒呢。話說難道【亞樹爾騎士】變得會作為選手參加決鬥──？」

「你推測得沒錯，梵就是原因。身為魔術師要常駐戰場，為了把想守護的東西守護到底，不可忘記精進自我之類的，這些向隊員們的叮嚀似乎就是起點。」

這番話流傳到現在令人感慨萬分，同時很吃驚師傅的叮嚀那麼具有分量。

「這就是他很厲害的證據。然而卻突然拋棄一切，為什麼去隱居……那毫無責任的地方，超越生氣到令人傻眼了。」

「…………」

「抱歉，不過我想了解。為什麼僅憑一個人便解決由於恐懼腿軟使得我束手無策的『巴斯克維爾大災害』，成為名副其實的英雄以後，卻消失無蹤了。」

「我不認為是為了養育你。」古菈蒂亞小姐如此補充以後，評定似的凝神細看我。

「其實……我也不清楚。師傅幾乎不曾告訴我以前的事情。」

那個人並非保密主義，該說單純不想說明，或者需做好心理準備才開口嗎，無論經過多久都沒有下定決心的樣子。畢竟除了吹牛過去以外，都以「等時機到來就會說明。在那之前等著」蒙混過去。

不過那種時候，師傅的臉總像是陷入深深的泥沼般痛苦。

「是嗎……那麼盧克斯先生會想知道那個男人的過去也是當然的呢。」

「畢竟我只知道生下自己的是師傅的妹妹，此外連親生父母的長相都不曉得。」

「說到梵的妹妹，就是凱梅莉亞小姐呢。我只見過一次……原來如此，你的長相和黑髮上的一搓銀髮就是遺傳自她嗎？」

「難不成妳認識我母親嗎？」

我沒料到會以這種形式聽見師傅頑固地不告訴我的母親名字。

「不，只不過曾見過一次面交談而已。那是梵當上【亞樹爾騎士】的隊長以後經過一年左右的時候，記得來通知他結婚的消息。聽見此事的他很驚訝，同時也表露未曾見過的喜悅，我記得很清楚。」

「師傅從來沒有告訴我這件事……」

「……凱梅莉亞小姐該說十分天真無邪、開朗活潑嗎，有如太陽般明亮且耀眼。拉近距離的方式也很獨特，對於初次見面的我直接問：『難道妳就是哥哥信中常提到的女朋友嗎？』」

「該怎麼說呢……與其說獨特，根本就是個怪人吧？」

師傅曾寫信給妹妹也是，其中還提到古菈蒂亞小姐，淨是令人吃驚的事實。只不過劈頭就問：「妳是女朋友嗎？」我覺得不太好。

「是的，沒有錯。不過奇妙的是不會讓人反感，也很為兄長著想。十分擔心為了守護大家的笑容也願意犧牲自己的梵。不過請容我盡全力否認女朋友這件事。說真的哦？我對那個男人絲毫沒有戀慕之情哦！」

「那個，用不著那麼拚命辯解，我都懂，沒事的。」

明明一直平淡地說明，卻急遽慌張地否認反而是反效果哦，如果我開口，她似乎會拔劍砍來，就放在內心吧。

「唔唔！話題回到凱梅莉亞小姐，如果以盧克斯先生身邊的人比喻，她和緹亞莉絲小姐十分相像。」

「緹亞嗎？」

沒想到這種時候會出現她的名字。

「氣質也如此，緹亞莉絲小姐偶爾凝視你的眼神，就和看著梵的她很像。她很仰慕你呢。」

「話、話就聊到這裡吧！古菈蒂亞小姐從什麼時候擔任亞爾奎娜的護衛呢？」

我強硬地轉移話題，若不這麼做，肯定會有不好的下場。就像看透我的想法，古菈蒂亞小姐發出笑聲以後——

「我大約在十年前擔任公主殿下的護衛。只不過當時我不論身為魔術師、身為守護王國的騎士都很差勁，起初十分辛苦。」

現在看來是不錯的回憶，古菈蒂亞小姐如此說明以後又笑了。擔任王室親衛隊隊長的人曾經很差勁，令人意外。

「如果我這麼說，或許會遭到嘲笑，不過我想成為英雄。從世界的危機當中拯救大家的英雄。因此一路累積鍛鍊，然而在關鍵時刻卻因為恐懼腿軟，一事無成。」

沒有必要刻意訊問那是指什麼時候的事情吧？而當時古菈蒂亞小姐懷有的情緒也無需多問。是對自己的絕望。

「不過我遇見公主殿下……多虧她的笑容，我才重新站起來。真要講的話，她是救命恩人。」

「……妳十分珍視亞爾奎娜呢。」

「對，是就算付出這條命也想守護的、重要的孩子。」

如此微笑表示的古菈蒂亞小姐宛如掛念孩子的母親，看起來十分耀眼。同時有點羨慕這個人如此重視的亞爾奎娜。

「──隊長，妳在這裡啊。」

蓋過古菈蒂亞小姐的話，像是王室親衛隊隊員的男性出聲搭話。剛才鍛鍊時沒看過他，是不舒服嗎？眼神迷濛，腳步也很虛浮。

「……什麼事？」

或許察覺異狀了，古菈蒂亞小姐詢問的聲音也帶著些微緊張的情緒。我也嚥下口水做戰鬥的準備。

「現在，亞爾奎娜殿下……就在，門的另一邊吧？」

隊員斷斷續續地說話，緩緩走近。隨著距離縮短，他散發的異樣氣氛也逐漸濃厚。頭腦的警鈴大響。

「……和你沒有關係，現在立刻回到崗位上！」

「隱瞞也沒用。亞爾奎娜殿下就在那裡吧？那麼──非殺了她不可！」

隊員大叫，邊拔出掛在腰部的劍邊踢向地面。沒想到王室親衛隊的人竟然想殺掉原本應當守護的公主。而且現在除了亞爾奎娜，緹亞和露比也在。不能讓人闖入這裡。就算我沒帶星劍也一樣。

「雷鳴啊，奔馳『雷電・射擊』！」

一道紫電射出。

儘管公主的性命有危險，這裡可是王城。使用強大的魔術令人遲疑，但假如這種小魔術能打倒，就不會被選為王室親衛隊了。現在這個隊員輕而易舉地用劍架開我釋放的雷擊，迎擊了。

「輕易劈開魔術了啊，不愧是王室親衛隊。」

「別礙事，小子。我背負從殘酷的命運中拯救亞爾奎娜殿下的崇高使命。敢擋路，就先殺了你哦？」

「你到底在胡說八道什麼……？」

「盧克斯先生，不可以理會他。那個男人恐怕是放終焉教團入王城內的背叛者。」

如此說道的古菈蒂亞小姐以幾乎滲血的力道緊咬嘴唇，舉好劍。如果那個隊員真的和終焉教團有聯繫，這一刻王城內也可能遭到入侵了。如此一來不只是緹亞等人，連雷歐和亞邁傑或許也會遭遇危險。

「冷靜下來，盧克斯先生。首先專心對付眼前的敵人。」

「古菈蒂亞小姐……」

「總之你先退下。剛才交手時我已明白盧克斯先生的實力，但你現在沒有帶星劍，和他戰鬥有點危險。」

「交給我。」她如此表示後，我點頭。確實手中沒武器的我反而只會礙手礙腳吧？

「我看錯妳了，隊長。妳明明把亞爾奎娜殿下擺在第一順位思考……」

「正因此，我才不能原諒你的行動。現在還來得及，只要乖乖投降就留你一命。」

「……夠了！如果礙事就連妳也殺掉！因為只要用這個，我也能得到和【亞榭爾騎士】同等的力量！」

隊員一邊大叫，一邊從口袋拿出裝入鮮血般紅色液體的針筒，直接刺入脖子。

剎那間，燃燒般的魔力有如熔岩似的從隊員的身體噴出。那股異常的景象，讓我和古菈蒂亞小姐都不禁僵住了。

「這是什麼魔力……？你明白自己做了什麼嗎！」

「古菈蒂亞小姐……？」

「啊哈……！啊哈哈哈哈！太棒了……只要有這股力量，別說隊長，甚至可以贏過【亞榭爾騎士】！」

動搖的古菈蒂亞小姐，與臉頰泛紅哈哈大笑的隊員。到底發生什麼事了？

「呵呵呵……怎麼樣，隊長？只要乖乖讓路，我就留妳一命哦？」

「……別開玩笑了。只不過魔力增加，別得意忘形了！」

顯而易見的挑撥。判斷最好在事情鬧大以前打倒敵人的古菈蒂亞小姐展開攻擊，但是隊員浮現下流的笑容發動魔術。

「火焰啊，化為子彈狂亂炸裂。『鬼火・火焰彈』！」

「——唔！」

轉眼間產生大量的火球。而且顏色並非原本漂亮的紅色，而是有如帶著怨念般的混濁黑色。如果完全爆炸，別說亞爾奎娜了，這座王城會整個炸飛。

「古菈蒂亞小姐，退下！」

我的指示讓古菈蒂亞小姐沒有回話便有反應，停止攻擊，跳到我的一旁。

「冰雪啊，颳起雪染成白色世界『寒冰・暴風雪』！」

我擠出全身魔力，發動第四階梯魔術。這一擊不僅魔術，也把隊員逼到無法戰鬥。

冰凍萬物的冷冽暴風吹拂王城走廊。剎時，地面、牆壁與天花板都凍得潔白，奪走魔術和隊員身體的功能。

「趁現在，古菈蒂亞小姐！」

「交給我吧——！」

古菈蒂亞小姐用力踢向地面。雖然把人活著逮捕一事變困難了，但最優先的是在被害擴大以前阻止。

「呵呵、呵呵呵呵……太天真了，隊長！這種小魔術無法阻止現在的我！」

「——什麼！」

隊員再次噴出魔力，而且那股魔力的氣勢強烈到剛才根本無法比擬。

「哇哈哈啊啊啊啊啊啊啊啊啊——！」

「唔——！」

透過炙熱的魔力奪回身體自由的隊員發出怪叫聲，同時朝古菈蒂亞小姐砍過去。然而或許臂力受到強化，古菈蒂亞小姐擋下攻擊就竭盡全力了。意識專注在刀劍交鋒，無防備的腹部遭到前踢，宛如球一樣在地面滾動。

「啊哈哈哈！怎麼了，隊長！難不成想被我殺掉才來接待我的嗎？還是從一開始就只有這等實力呢？」

「……沒想到會這麼難纏。」

「……該怎麼辦，古菈蒂亞小姐？」

我詢問膝蓋著地、調整呼吸的王室親衛隊隊長。言外之意意味著接下來要盡全力打倒面前的敵人。

「我想想……接下來不要大意，全力以赴！」

我會殺了他。古菈蒂亞小姐邊補充邊起身，但老實說，被逼到絕境的是我們。

「啊……請您等著，亞爾奎娜殿下。我將從殘酷的命運當中解放您——」

隊員表情恍惚，讓轟轟作響的魔力燃燒，一步步走近這裡。

現階段得知的是，魔力急遽增加，與此同時身體能力大幅提升。由於魔術抗性也提升了，就算使出第四階梯也難以讓他負傷。就算是這樣，倘若使出更高階梯的術式，會危及王城本身。也就是束手無策了。

「欸，小盧，這是在吵什麼？」

此時，背後傳來悠哉的聲音。轉頭一看，是身穿純黑外套的卡蓮小姐。

「卡蓮・弗爾修……！妳為什麼在這裡？」

「啊！您好，古菈蒂亞隊長！還好嗎？」

「不用問候也不用擔心我。回答問題。」

「也沒為什麼，上工前我想見小亞一面，所以在找她哦。然後突然感知到棘手的魔力，就飛奔過來了。所以說，那是什麼啊？」

卡蓮小姐以不帶有一絲緊張的聲音說道，朝我們走近，然而她的舉止不帶有一絲破綻，視線也緊盯著隊員不放，保持能隨時因應情況攻擊的架式。

「卡蓮小姐，那個人是王室親衛隊的隊員，盯上亞爾奎娜的性命。理由不曉得，不過肯定和教團有牽連。」

「……原來如此。關於那個莫名其妙的魔力又是？」

「不曉得。一注射奇妙的藥物以後，突然就變成那樣……」

我代替動搖的古菈蒂亞小姐說明狀況。卡蓮小姐把手放在下巴上沉吟，罕見地露出正經的表情思索。

「沒想到教團特製的藥偏偏落入王室親衛隊的手中。或許這是比想像中更危險的狀況呢。」

「教團特製的藥？」

「嗯。那個隊員用的是，簡單來說可以讓任何人輕易提升力量的道具哦。只要服用一次，就能獲得和【亞樹爾騎士】匹敵的力量的驚人藥物。當然也有副作用啦。」

「難不成……不會是只要用藥就會沒命吧？」

「哦！小盧好敏銳！沒錯，只要用那種藥，幾乎無一例外都會喪命。從身體湧出燃燒般的魔力。如文字所述，那就是他本身的生命哦。」

「魔力消失時，就是那名隊員死亡的時候哦。」卡蓮小姐以冷漠的聲音說道。不帶有平時輕浮的舉止，現在站在此處的無疑是王國最強的魔術師其中一人。

「好，多虧小盧，我了解狀況了，差不多該打倒敵人。如果繼續吵鬧下去，悠哉泡澡的小亞等人也會感到不安吧。」

鬧得這麼大，原本應該早就注意到了，難道那個浴室也鋪設特別的結界嗎？

「等一下，卡蓮．弗爾修！妳要獨自戰鬥嗎？再怎麼說也太——」

「不會亂來或怎麼樣的，古菈蒂亞隊長。沒問題，我已經和用過那種藥的教團成員打過好幾次了！」

如此說道的卡蓮小姐流暢地拔出腰上的刀對峙。她嘴角浮現的無懼笑容為自信的證明。與殺氣截然不同、無可動搖的強者氣勢從身體滿溢而出。

「哇哈哈哈！沒想到【亞榭爾騎士】會在這裡冒出來！反正上面交代如果妳出現了就殺掉，這樣正好！」

「我也挺在意是誰的指示……不過算了。再磨蹭下去就要耽誤原本的工作，快點收拾吧。」

我不想被隊長罵呢，卡蓮小姐邊說邊舉起刀。那一刻，她散發的氣場驟變，周圍的溫度也急遽降低。實際上沒有降低，是現任最強魔術師之一的氣勢讓人如此感覺。

「我要殺了妳，殺了公主！如此一來，我也能堂堂成為英雄的同伴了！」

隊員一面大叫，一面宛如蛇在地面爬行般奔來。其速度比剛才更快，眨眼之間就縮短距離揮劍。

「…………」

一刀、兩刀、三刀——劇烈聲音響徹寧靜的王城走廊上。卡蓮小姐訝異地睜大眼看著身體燒得火紅的隊員使出連擊，冷靜地架開。

「明明有許多破綻，卡蓮．弗爾修為什麼不反擊？想快點收拾是謊言嗎？」

「不對……不是的，古菈蒂亞小姐。卡蓮小姐並非不反擊，那只是在確認。」

從每一個動作觀察、推測敵人的力量。化為言語很簡單，但能做到是因為兩者之間有天差地別的實力差距。

「看來膨大的魔力讓身體能力提升了，但也不過如此呢。」

「呼、呼、呼……鬼扯什麼……」

「即使服藥變強，原本很弱小就沒意義了。再怎麼樣也是王室親衛隊的隊員，比教團的戰鬥員還強啦！」

卡蓮小姐不改輕鬆的態度，架開對手的劍，一腳踢向沒有防禦的身體。隊員身體後彎，重重踏地後退。

「好，明白你的能耐了。現在就讓你輕鬆。」

「別開玩笑！我還沒——！」

還沒輸，想這麼說的隊員被打斷了。其理由極其單純。因為卡蓮小姐的身體釋放出蒼天魔力。

「記憶解放——『斬首八岐大蛇』。」

道出的禱詞呼喚神代的記憶。

顯現纏繞神氣的八把刀劍。

其震懾的光景令隊員啞口無言，呆若木雞地駐足。包覆他身體的深紅光輝也慢慢地褪去。

對身為守護王家的一員卻倒戈敵方，加上欲奪走其性命的背叛者予以制裁。

「壹之太刀【臨】。」

神之憤怒的一擊把隊員分成兩半，有如斷線的傀儡人偶般當場重重倒地，躺在血海之中。

「這樣就結束了呢！」

卡蓮小姐收刀，朝我們拋了個帶著星星閃耀的媚眼。一秒前的氣勢跑到哪裡去了？我聳肩，嘆了口混雜安心與傻眼的氣。

「……卡蓮小姐，是否有些太過火了？」

「不會哦。因為對方不僅背叛國家，還想殺了小亞耶？加上使用終焉教團的祕藥。那麼不拿出全力回應那個覺悟不好吧？」

「那是……或許如此……」

一想到親眼看見部下死去的古菈蒂亞的心情，就感到些許痛心。我沒有寬容到會弔祭第一次見面且想殺了緹亞和露比她們的人的死亡，但對古菈蒂亞小姐而言是至今一起守護王家的戰友。肯定或多或少受到打擊。

「我沒事的，盧克斯先生。她的判斷沒有錯。我沒有意見，也不會抱怨。」

如此說道的古菈蒂亞小姐緩緩站起身，靜靜低頭。

「不好意思，有勞妳出手了，卡蓮．弗爾修。收拾部下的殘局明明是我這個隊長的責任……真的很抱歉。」

「請抬起頭來，古菈蒂亞隊長。我們的責任不都是守護小亞……亞爾奎娜公主殿下嗎？現在就為平安守護到底一事喜悅吧。」

「……好。妳肯這麼說，讓人鬆了口——」

「呀啊啊啊啊啊啊啊啊啊——！」

有如打斷古菈蒂亞小姐的話，浴室裡突然響起緹亞的慘叫聲。難不成襲擊犯也出現在裡面嗎？

視線相交，在無聲之中達成共識，我和古菈蒂亞小姐一起趕往三人的身邊。

*****

時間回溯到盧克斯與古菈蒂亞聊起梵貝爾．魯拉的時候。

「呼啊——不愧是王族專用的大浴場呢，實在太舒服了。」

「宿舍的大浴場也能好好把腳伸直放鬆，但等級截然不同呢。而且光泡在熱水裡，肌膚就變水嫩了。」

一旁的露比罕見地連肩膀也浸在熱水裡，一口氣伸直腿。在宿舍一起泡澡時，明明總是優雅地泡半身浴，真是懶散。

「呵呵，幸好妳們喜歡。話說回來，像這樣一看，兩位的身材真的好好哦。而且還有魔術的才華，世界真是太不公平了。」

「真要說的話，亞爾奎娜殿下才是真正的佳人吧？請不要讓人一再強調哦？」

「對呀，太過謙虛，有時挺惹人厭的。」

「可是……我並沒有像兩位極富彈性又柔軟的胸部……啊，兩位未來的伴侶真令人羨慕。」

如此說道並重重嘆了口氣的亞爾奎娜殿下，讓我與露比不禁雙手遮掩自己的胸部。

泡澡前，實現她的願望幫忙互相洗背，但當時她的手技帶著筆墨難以形容的妖豔，為了不起反應而忍耐得十分辛苦。

「如果我至少也有魔術的才華就好了……神明真的很壞心眼。」

亞爾奎娜殿下鼓起腮幫子，用腳掌潑出水花。這麼說來，明明來到學園已經好一陣子了，關於這位公主的魔術屬性我們一無所知。話雖如此，魔術是由雙親遺傳給孩子。繼承拉斯貝特王國王室血脈的亞爾奎娜殿下怎麼可能沒有才華——

「很遺憾，和兩位相比，我的魔術才華一點也不出色。雖然擅長治癒魔術，提到攻擊類的魔術，幾乎無法發動。」

宛如察覺我們的思緒，亞爾奎娜殿下自嘲且乾脆地開口說明。只不過其內容讓人吃驚，我和露比不禁對望。

「明明能用治癒魔術，卻不能發動攻擊類的魔術？這種事情，聽都沒聽過呢。」

「我也沒有聽過。真的不能用嗎？」

露比的言外之意帶著是否哪裡弄錯了，我也同意。

如果單純連治癒魔術都不能使用，說到底代表沒有身為魔術師的才華，但亞爾奎娜殿下並非如此。應該說擅長人才有限的治癒魔術的時候，便可說她魔術才華洋溢。

「是的，令人惋惜。我受過不少老師指導，不過連第一階梯的魔術都無法發動。因此至少要能自己保護自己，父王便請到梵貝爾先生。」

亞爾奎娜殿下苦笑著說結果很淒慘就是了。

「因此，很羨慕兩位擁有保護其他人的力量。就憑我，如果有萬一也無法保護任何事物……」

身為公主、身為肩負國家的人卻不具有戰鬥的力量，因而苦惱的亞爾奎娜殿下的心情，我無法設身處地理解。她煩惱的解答，只能靠她自己找出來。只不過我能傳達她眼中忽略的重要事情。

「不過……亞爾奎娜殿下在珍視的人受傷時，能夠幫助對方吧？我和露比就算能戰鬥，也無法治療傷口。」

前陣子的戰鬥，盧克斯為了救我，身受瀕死的重傷。當然在王都出現的獵狼王也造成不少人受傷。當時拯救性命的是像亞爾奎娜殿下這種能用治癒魔術的魔術師們。如果沒有他們，現在盧克斯就——

「緹亞說得沒錯。況且戰鬥結束以後，時間依然會向前走。屆時能幫上忙的並非我們這種『戰鬥力』，而是亞爾奎娜殿下這種擁有『治癒力』的人哦！」

露比如此說道，笑著雙手輕柔地包覆亞爾奎娜殿下的小手。就像十六年前的「巴斯克維爾大災害」那樣，比起戰鬥，其後的人生壓倒性的漫長。屆時所需的並非戰鬥的力量，而是把人們引導至光明未來的希望之光。亞爾奎娜殿下擁有那種力量。

「……謝謝妳們，緹亞莉絲同學、露比蒂雅同學。我想起以前王姊曾經對我說過同樣的話。」

「王姊……指大約十年前因病過世的第一公主殿下嗎？」

「是的。我和她差了很多歲，不過她曾教導我許多事情。還有，當我作噩夢時會一直緊抱著我……真是個很溫柔的姊姊。」

說這些話的亞爾奎娜殿下的臉帶著哀愁，我看著心臟都被揪住，覺得心痛不已。明明只小我們一歲，卻失去重要的家人，還對自己不成材的地方感到憂心。

「不過現在我身邊有古菈蒂亞小姐，沒事的！雖然她擁有王室親衛隊隊長這種了不起的頭銜，對我而言是第二位姊姊。」

雖然年齡已經可以當母親了，亞爾奎娜殿下笑著補充。儘管很在意當事人聽見會有什麼樣的表情，但光是今天稍微見識到她們的互動，就充分明白古菈蒂亞小姐很疼愛亞爾奎娜殿下。

「亞爾奎娜殿下很喜歡古菈蒂亞小姐呢！」

「是的。因為我最信任她了。只不過最近偶爾會露出煩惱的表情，很擔心呢。」

「那一定是因為亞爾奎娜殿下耍任性，她才傷透腦筋吧？今天和親衛隊等人的鍛鍊一定也很辛苦哦？」

「我、我才沒有耍任性哦！今天的鍛鍊也只是拜託古菈蒂亞小姐罷了！當然還補充不用勉強也無所謂哦！」

「受到一國的第二公主請求，就算撕破嘴也無法說辦不到吧。我明白古菈蒂亞隊長的心情。」

露比一語中的的吐槽讓亞爾奎娜無法置信地垂頭。看來她似乎真的沒有想要任性。

「如、如果真的辦不到，古菈蒂亞小姐應該會回覆不行才對。不用那麼沮喪哦，以後注意一點就好？」

「好……就這麼做。不過有點消沉，因此請容我向這偉大之母的大地撒嬌哦。」

「咦，亞爾奎娜殿下？做什麼——呀啊啊啊啊啊啊啊啊啊——！」

亞爾奎娜殿下大大濺起水花，擒抱住我。接下來還把臉埋在雙峰之間滑動，況且雙手還不斷碰觸敏感的部位，讓我不禁放聲慘叫。

「哈……真是極樂。以後如果消沉，我就直接飛撲到緹亞莉絲同學的胸前哦。」

「等等，在說什麼……啊，嗯嗯……！」

「得在將來盧克斯同學獨占以前，好好享受才行！」

亞爾奎娜殿下呼吸急促，手摸遍了我全身。想抵抗也使不上力。得想辦法從拘束中掙脫，腦袋在某種意義上沸騰。

「──緹亞，妳沒事吧？」

「公主殿下沒事嗎？發生什麼事了？」

當我這樣想的時候，門用力地打開，滿臉著急的盧克斯與古菈蒂亞小姐進入浴室。

啊，聽見我剛才的慘叫聲，以為出了意外所以來幫我嗎？不愧是盧克斯──不是說這個的時候！

「……古菈蒂亞小姐，這到底是？」

「……盧克斯先生，我不會害你。現在最好立刻轉過身離開這裡。」

盧克斯對於眼前的慘況困惑不已，愣在原地，聲音顫抖，古菈蒂亞小姐則嘆氣給予忠告。不過陷入慌張的我們也一樣。突然有人闖入，讓亞爾奎娜殿下滿臉通紅，連露比也停止思考，如雕像般愣住了。

「那個……從這情況看來沒有發生意外吧？」

「是的，大概是公主像個中年大叔抱住了緹亞莉絲小姐，對她上下其手罷了。所以盧克斯先生就儘快——」

「我們沒事，請快點離開這裡！！！」

我把放置於手邊的水瓢從浴池裡裝滿熱水，朝盧克斯用力潑過去。雖然很高興他擔憂我，不過被看見裸體也太難為情了啦！

「……沒有道理。」

「我明白。」

總覺得盧克斯與古菈蒂亞小姐的情誼又更加進展了。

第5話　月下的談話

「——原來如此。在我們泡澡放鬆時，外面還發生了這種事情啊……」

我和洗完澡的緹亞等人一同返回亞爾奎娜的房間，鄭重向三人說明發生了什麼事。

附帶一提，洗完澡的三人不知為何身穿柔軟又可愛的輕便衣服。隱約可從敞開的領口看見內衣，從短褲露出的雙腿實在性感，令人煩惱視線該投向哪裡。

回到正題。

「王室親衛隊的隊員和終焉教團串通太讓人震驚了。沒想到他們的魔掌已經伸到這裡了……」

聽完說明的緹亞與露比啞口無言。正因為身為撐起拉斯貝特王國大貴族一分子的兩人，才更為事情的嚴重性而大受打擊吧？

「非常抱歉，公主殿下。沒想到事態竟然演變成從王室親衛隊出現這種背叛者……一切都是身為隊長的我的責任。」

「不是古菈蒂亞小姐的責任哦。離得這麼近，卻沒有察覺他的異常這一點，我也同罪。」

亞爾奎娜苦笑著包庇道出謝罪的古菈蒂亞小姐。責任到底在誰身上，這種時候沒有關係，現在應當思考的是其他事。

「古菈蒂亞隊長，抱歉在妳沉浸在感傷的時候，首先應當趕緊強化王城內的維安才對吧？」

以可說是尖銳的口吻指出的，是解決事態的卡蓮小姐。在我說明過程的期間，她雙手環胸靠著牆壁，一句話也沒說，還以為睡著了。

「還有緹亞莉絲、露比蒂雅。不好意思，今晚可以直接待在王城過夜嗎？時間已經很晚了，回到宿舍的路上，無法保證不會遭到襲擊呢。」

卡蓮小姐說，校長那裡就由我去報告。伴隨強制力的請求，讓緹亞等人只能點頭。

「小盧你們當然也要住下來哦？話是這麼說，另外兩人似乎幹勁滿滿地想要通宵警戒呢。」

不在場的雷歐與亞邁傑當然也已經聽說襲擊的事件。兩人聽說以後，在神祕的使命感驅使下，現在也在王城內部四處巡邏。

「我明白的，卡蓮小姐。待會兒我會和雷歐他們會合，通宵守夜。我也借了把劍，不會再居於下風了。」

這不是星劍，得小心使用才行，我在心中提醒自己。

「不對，小盧可以負責保護這個房間嗎？就算劍是借來的，這個王城中最強的人是你。如果有個萬一，可以不在乎損害地大顯身手哦。」

「……交給古菈蒂亞小姐不好嗎？」

「雖然盧克斯先生說得有理，但我在保護公主之前，乃王室親衛隊的隊長。除了公主，也必須守護陛下和王妃。」

王室親衛隊中最重要的護衛對象。那並非亞爾奎娜，肯定是拉斯貝特王國的現任國王。儘管終焉教團的目標是亞爾奎娜，也不表示陛下就沒有危險。

「也就是說陛下的性命比起我的性命更重要哦，盧克斯同學。相反的，由你守護公主殿下，我就沒有意見！」

「不如說我很樂意。」亞爾奎娜微笑如此說道。身為當事人，而且危機已經迫近眼前卻絲毫不緊張，也挺傷腦筋的。

「就是這樣，小盧，這裡就交給你了喔！啊，不可以趁可愛的女生們熟睡時出手襲擊哦？」

「還以為妳想說什麼……怎麼可能做這種事啦！」

正經的氣氛散去，卡蓮小姐變臉恢復平常淘氣的模樣。這間房間的女生大家確實都魅力十足，就算這樣，我才不會趁人熟睡時襲擊。所以古菈蒂亞小姐，請不要用充滿殺意的視線看過來。

「怎麼這樣……盧克斯同學，我就那麼沒有魅力嗎？」

「…………什麼？」

「我隨時歡迎哦？你乾脆待在房間裡戒備也沒關係哦？」

這位公主殿下在胡扯什麼？難不成她想用不敬罪送我上斷頭台嗎？

「等等，亞爾奎娜殿下！那種事情要等正式交往以後才可以做！」

「沒有錯！再怎麼樣都太不純潔了！身為拉斯貝特王國的公主，請更重視自己的身體！」

緹亞與露比心生動搖並阻止公主的失控，然而亞爾奎娜一旦開始暴衝，就無法簡單地讓她停下來。

「我明白了。既然兩位說到這種地步，那也沒辦法了。就三個人平等地擔任盧克斯同學的對象吧！這樣就沒有意見了吧？」

「「很有意見！」」

「唔……兩位都出乎意料地任性呢。盧克斯同學，你覺得該怎麼做才好？」

不要這種時候把話題拋過來。我在內心嘆氣，垂下肩膀隨口回話：

「……總之先喝杯茶冷靜一下。還有就算拜託我，也絕對不做那種事哦。」

「也對呢。這種時候就如盧克斯同學所說，邊喝茶邊思考該怎麼做吧！」

亞爾奎娜如此說道，便起身去泡紅茶。這位公主殿下絲毫不聽別人的話。頭好痛，真想早點離開這間房間，和雷歐他們會合。

「小盧，受歡迎的男人很辛苦呢。但是不可以委身於滿溢而出的欲望哦？如果真心想上斷頭台又另當別論啦。」

「我對神明發誓，不會做的。卡蓮小姐才是，一直這麼悠哉沒關係嗎？不是有任務嗎？」

前來幫助我們時，應該說過「有原本的任務」，她這樣拖拖拉拉，會被隊長罵吧？

「我說小盧！既然記得，為什麼不早點提醒我呢？」

「可以不要怪到別人頭上嗎？」

這個人真的忘得一乾二淨，戰鬥的模樣明明比誰都還可靠啊。

「太過分了，小盧！你已經忘記在危機的場面被我救了嗎？假如我沒有趕到，現在不知道是什麼情況耶？」

「我覺得這是兩碼子事……妳還是趕緊出發如何？」

卡蓮小姐面色鐵青、慌張地跑出房間。「隊長會殺了我！」從走廊上傳來悲痛的叫聲是錯覺吧？是摸魚的自己不好。

「那麼我也先告辭了。盧克斯先生也要一起走嗎？」

「我走。拜託讓我同行！」

在苦笑的古菈蒂亞小姐的邀請下，我竭力點頭。

「咦？我難得泡了紅茶，你們要離開了嗎？」

手拿著茶具回來的亞爾奎娜惋惜地說道，不過繼續留在這裡，不曉得會發生什麼事情，我想儘早離開。

「這種機會不常見，讓我們聊個一整晚吧！請告訴我許多梵貝爾先生的逸事！」

「好了。請收斂一點，公主殿下。如果繼續耍任性，別說盧克斯先生，您也會被緹亞莉絲小姐等人討厭哦？」

古菈蒂亞小姐快速圓場，亞爾奎娜不甘心地發出公主不該有的「咕嗚嗚」呻吟聲。

「嗚……我明白了。那麼盧克斯同學，夜晚非常漫長，就拜託你了。」

「好，交給我，妳們三人就由我守護哦，所以請安心地睡吧。」

「呵呵，如果累了，歡迎隨時過來玩哦？啊，到時候別忘記敲門！」

「要好好鎖上門，不管誰過來，都不要讓人進房間。」

直到最後都不改淘氣態度的亞爾奎娜令人傻眼，不過那面對任何事也不為所動的強韌心靈也令人感嘆。看來身為王族，似乎無論何時何地都會接受死亡。

「那麼緹亞莉絲同學、露比蒂雅同學。我們就悠哉地喝紅茶聊天吧。也請告訴我妳們兩個人的事情。」

不過，找同年紀的兩人搭話的亞爾奎娜，是與我們沒有兩樣的少女，我在心中堅定發誓不論遇到任何事都得守護她的笑容不可，便和古菈蒂亞小姐一起離開房間。

＊＊＊＊＊

微弱的月光照入一片寧靜的王城中。感到些許涼意，擔任亞爾奎娜的警衛以後經過

兩小時。雖然順水推舟地站在這裡，實際上到底發生了什麼事情？

「背叛者只有一個人嗎？假如除了王室親衛隊，還有其他人和教團串通……？」

光思考就令人毛骨悚然，但其可能性並非零。歸根究柢，王族的維安主要為古菈蒂亞小姐率領的王室親衛隊的管轄。然而為什麼【亞榭爾騎士】的卡蓮小姐會擔任亞爾奎娜的護衛呢？想到這裡，通常會覺得有隱情，不過——

「也不能捨棄卡蓮小姐閒得發慌而單獨行動的可能性啊。」

平時她不像個大姊姊，既孩子氣又如貓般隨興。與此同時，戰鬥中又以壓倒性的力量擊倒敵人。由於這種天差地別的面貌，絲毫看不出來到底在想些什麼。說到底，為什麼選在那個人在王城內的時候出手襲擊呢？完全搞不懂教團的目的。

「為什麼教團要盯上亞爾奎娜，也不清楚呢……」

可以理解王族被盯上。不過放著這個國家的心臟即國王陛下不管，率先想奪走公主亞爾奎娜的性命又是為何？她擁有不利於教團的特別力量嗎？完全一頭霧水。

「師傅或許知情……真是的，他到底在做什麼啦？快點回來啊，臭老爸。」

我不禁開口咒罵。縱使期間不長，既然曾教導亞爾奎娜魔術和戰技，應該了解她的力量。只要曉得，應該也能了解教團的目標。那個臭老爸現在還沒有任何聯絡。

「——盧克斯同學，你看起來很閒呢。」

向沉入得不到答案的思考之海的我攀談的，正是亞爾奎娜。她從微微打開的門縫只探出頭，浮現惡作劇成功般孩童的笑容。

「古菈蒂亞小姐交代要乖乖待在房內吧？緹亞和露比沒有制止妳嗎？」

「兩位已經很疲憊，剛才睡著了。所以盧克斯同學，願意稍微陪我聊聊天嗎？」

「就算我說不要，也沒有拒絕的權利吧？」

「呵呵，說得好。不過在房間裡聊天會吵醒她們，換個地方吧。」

在我覺得不好而阻止以前，亞爾奎娜已經走出房間。她在剛才那件睡衣上套著帶有透明感的針織衫。難不成從一開始就打算溜出來嗎？

「那就走吧，盧克斯同學。帶你去特別的祕密場所。」

亞爾奎娜如此說道，手臂緊緊纏上我的手，踩著雀躍的步伐行走。很明顯阻止她也沒有用了，我在內心嘆氣，並思索起被發現溜走時的藉口。

「請放心，盧克斯同學。被罵的時候，我也陪著。我們各負一半的責任！」

「如果可行，請妳負起全責吧。」

就我而言這番話也太難堪，不過公主殿下一要起任性，也無法拒絕，希望這方面也

列入斟酌。我想相信古菈蒂亞小姐一定明白。

「不行哦，盧克斯同學。如果這種時候一臉帥氣地說：『我會負起全責哦，亞爾奎娜！』現在我早就被你攻陷嘍？」

「請別要求我說這種難為情的台詞。」

怎麼說呢，不過聊個天，卻比戒備時還疲憊。好想念雷歐與亞邁傑，兩人有好好做事嗎？好擔憂。

在逃避現實時，亞爾奎娜帶我來到王城的最上層。那裡是圓頂狀玻璃覆蓋的庭園。滿天星空與月光照射下，色彩繽紛的花朵散發幻想的氛圍。

「這裡是我休憩的地方。痛苦時、難過時、開心時，我一定會來到這裡。」

如此說明的亞爾奎娜臉上帶著憂愁。現在來到這裡的理由究竟是哪一個呢？

「盧克斯同學，我有很多事情想向你道歉，老是給你添麻煩呢。」

「……怎麼突然這麼說？」

亞爾奎娜朝我低頭。首次展現的奇妙態度讓我大吃一驚，但她不在意我的心情，慢慢開始說明。

「我會進入學園體驗學生生活，原因無他，一切是為了和盧克斯同學見面，確認你的實力。會賭上隔壁座位向緹亞莉絲等人申請決鬥，也是這個原因。」

「…………」

「眼神怎麼那麼冷淡？難不成盧克斯同學以為我只不過想坐在你隔壁的座位，才提出胡來的要求嗎？」

我以為一定是這樣，如果把話說出口，她肯定會鼓起臉頰怒火中燒，就別說了吧。

「看見你和卡蓮小姐的戰鬥，我便下定決心讓你了解現在這個國家發生了什麼事。邀請你來到王城，就是為了這件事。」

「那是……什麼意思？」

唐突道出的緣由，使我思緒跟不上。對我說明這種事情，具有什麼意義呢？

「就像你知道的，王室親衛隊當中出現背叛者，現在王城的情況雖然沒那麼惡劣，但稱不上安全。倘若沒有古菈蒂亞小姐和卡蓮小姐，我早就躺在棺材裡了。」

「妳把我和緹亞他們找來這麼危險的地方嗎？」

假如一個不小心，緹亞等人或許會遭到發狂的隊員殺害。一想到這裡，我的語氣就不禁變得粗暴。

「……是的，一切都是為了讓盧克斯同學理解現在的狀況。不過你的師傅兼父親的

梵貝爾．魯拉先生曾經拜託我，也是原因之一。」

「師傅拜託妳？」

那個人到底有何目的？為什麼那種事有必要拜託亞爾奎娜？與其那樣做，不如直接告訴我。

「儘管檯面上的動靜不大，但終焉教團這幾年愈來愈常活動。前幾天，他們終於開始行動了……契機正是盧克斯同學的存在，你知道理由嗎？」

「嗯，基本上知道。」

終焉教團──艾瑪克蘿芙老師──引發前所未聞的重大事件，是為了得到我擁有的星劍【安德拉斯特】，從安卜羅茲校長口中得知了這件事。

只不過我也有疑問。原本星劍在交給我之前，由約雷納斯家當作傳家之寶持有。倘若真的盯上那把劍，就算對方是代表王國的大貴族，教團又為何不曾有任何動作呢？

「教團的目的是破壞星球以後創星。為此所需的拼圖湊齊後，他們開始行動了。而我也包含在這些拼圖之中。」

「原來如此……教團覺得亞爾奎娜的力量很礙事吧？那妳到底擁有什麼力量呢？」

我的問題讓亞爾奎娜猶豫一會兒後，以嚴肅的聲音如此回答：

「我看得見星球的記憶。以及……就算面對死者也可能將其復活的治癒能力。」

「……妳說什麼？」

「無法理解也莫可奈何。還有話說在前頭，我實際上沒有讓死者復活過哦？那種冒瀆的行為……我絕對不允許。」

說到既然不曾嘗試過又為什麼曉得，亞爾奎娜表示因為星球告訴了她。假如這番話屬實，教團當然會盯上她的性命。如果能讓死者復活，已經等同於神明了。

「那麼……整理一下這番冗長的說明，就是同樣身為被星球選上之人，我想和盧克斯同學變得更友好！」

「嗯，多謝妳的結論搞砸了氣氛。」

難道她得了正經談話就會發作的疾病嗎？倘若如此那就糟了。得趕緊看個醫生。

「還有，我想鄭重道謝。一看見同樣背負殘酷命運的盧克斯同學，就覺得非得更努力不可。不可以繼續造成古菈蒂亞小姐和王室親衛隊的大家負擔了。」

「……要適可而止哦。」

在我看不見的地方，她身為公主很努力了。我沒辦法要這樣的她更努力。

「好了，就算是必要的談話，只談正經事會讓人喘不過氣呢。那麼差不多該來聊個戀愛話題了。可以告訴我你喜歡什麼類型的女生嗎？」

「——公主殿下，盧克斯先生，你們在這種地方做什麼？」

從背後傳來蘊含平靜怒氣的聲音。亞爾奎娜露骨地發出「呃」的呻吟聲，有如壞掉的人偶般緩慢地回頭。

「真是的……因為盧克斯先生不在房間前，我才過來找人。公主殿下，您為什麼就無法乖乖就寢呢？」

「等等，古菈蒂亞小姐，為什麼老是罵我？」

「當然是因為盧克斯先生不可能把公主帶出來啊！大概是您要任性吧？您從以前就讓人傷透腦筋呢！」

如此說道的古菈蒂亞小姐無奈地聳肩。我相信這個人一定會這麼說。

「不可以繼續讓盧克斯先生困擾了，況且繼續待在這裡會感冒的，請回房間吧。」

「嗚……我知道了。那麼盧克斯同學，雖然有點可惜，我們回去吧。回房間以後再繼續聊。」

不滿地噘嘴且不情願地同意的亞爾奎娜踏出步伐。我確實還想再眺望這個景色一陣子，不過那樣才叫任性。我嘆了口氣後跟在兩人後面，只有這句話一定要說：

「我不會繼續聊天，回到房間以後請乖乖就寢。」

就算問我喜歡的女生類型，也不會回答的。

第6話 魔導新人祭，開幕

「您說薇奧拉・梅爾克里歐退出班級代表了？羅伊德老師，這是怎麼回事？」

露比拍著桌子大叫，夾雜驚愕與怒氣的聲音迴盪在吵嚷的教室裡。

週一早晨。在漫長的一天開始前，大家開心地聚在一起，教室氣氛原本輕鬆愉快，由於羅伊德老師作為聯絡事項口頭報告的內容，一口氣變得緊張。

「露比蒂雅，我明白妳的心情，先冷靜下來。」

「怎麼可能冷靜啦？說起來，竟然選在魔導新人祭即將開幕的時候退出，根本史無前例！該不會薇奧拉退出的空缺不會找人填補吧？」

露比說得沒錯。既然薇奧拉退出了，就變成我和露比兩個人在魔導新人祭出賽。比賽開始以前就有人數上的弱勢，這樣力量懸殊。

「所以說妳冷靜一點。因為過去不曾有人辭退選手代表，當然會補充選手。只不過這次時間緊迫，我和校長商量的結果，就是盧克斯和露比蒂雅自己挑選選手補充。」

要填補薇奧拉的空缺並不容易，考量到在開賽以前已經沒有時間了，從上課了解一定程度的東班學生中挑選，是最妥當的作法。

「會直接採用你們兩人的選擇，任意決定就好。只不過時間不多了，如果可以，盡可能在今天——」

「——羅伊德老師，我可以推薦自己嗎？」

坐在我面前的亞爾奎娜打斷羅伊德老師的話，舉手詢問。

「雖然在體驗學校生活，現在我也是這間學園的學生。有出場魔導新人祭的權利，怎麼樣？」

豈止我與露比，東班所有人都因為她的自薦露出震驚的神色。羅伊德老師也不例外地浮現困惑的表情。

「就算問我怎麼樣，也無法回答。只不過校長表示『兩人可從現在的一年級學生裡挑選任何一人』。也就是說——」

「選擇亞爾奎娜殿下也沒有問題，沒錯吧？」

露比的話讓羅伊德老師一語不發地點頭。難道真的要指名亞爾奎娜代替薇奧拉嗎？

「之前也說過了，我會更努力。現在就是努力的時候。因此還請讓我和兩位一起戰

鬥！」

雖然幾乎被那番話與意志堅定的視線鎮住，然而可以輕易地點頭嗎？

「盧克斯，我也同意哦。亞爾奎娜殿下的魔術十分超乎常理，重要的是如果亞爾奎娜殿下加入，我們就等於勝券在握了！」

「不能當作沒聽見呢，露比。優勝的會是我們，如果大意會遭到暗算哦？」

「我懂妳的心情，不過這次我不打算輸！大意就大意，想暗算就放馬過來啊！」

露比哈哈大笑。看來她內心已經認定亞爾奎娜會加入隊伍，不過面對公主當對手，大家不會畏懼嗎？

「沒問題的，盧克斯。假設對上亞爾奎娜殿下，既然在魔導新人祭參賽，就是想獲勝的競爭對手。完全不會放水。當然沒關係吧，亞爾奎娜殿下？」

「是的，沒關係哦。應該說如果顧慮我，會被我瞧不起哦？請盡全力放馬過來。」

兩個女生之間立刻火花四濺。看來我似乎是杞人憂天。如此一來，就決定由亞爾奎娜代替薇奧拉上場了。

「總之亞爾奎娜殿下，無須退縮。有盧克斯的保護，沒事的！如果有個萬一，也可以把這個腦袋肌肉女當成肉盾！」

「緹亞，那是什麼話？在我成為肉盾之前就會把妳切成肉塊！」

千金們以幾乎鼻尖碰鼻尖的氣勢「咕嗚嗚」地互瞪。與平時無異的互動讓亞爾奎娜的表情也逐漸變得開朗。

「公主殿下就維持公主殿下的風範，堂堂正正地讓盧克斯和露比蒂雅服從您就好嘍！」

「謝謝你，雷歐尼達斯同學。你偶爾也會說些動聽的話呢。」

「偶爾很多餘吧？請不要受到露比蒂雅的負面影響啦！」

明明受到公主殿下稱讚，雷歐卻大感憤慨。不過突然被提到的露比浮現微微帶著怒氣的笑容，把手擱在雷歐的肩膀上。

「這番話別具含意呢，雷歐尼達斯。那又是什麼意思呢？彷彿在說是我不對呢？」

「哈哈哈！妳的觀察力真不錯。沒有錯，就是在說妳不對啊！同樣身為聖女，亞爾奎娜殿下和妳不同，是貨真價實的！不要帶壞她！」

「喔呵呵！您說誰帶壞誰了？區區雷歐尼達斯，好大的狗膽。給我出來，現在立刻決鬥！」

「妳就是這種地方不好啦！如果那麼想打就別挑現在，等魔導新人祭再說啊！在那時分個高下吧！」

從亞爾奎娜加入選手的事情離題，又是一如往常的發展，教室內的學生一同苦笑。

「唉……別管那兩人了。那我就向校長報告薇奧拉的空缺由亞爾奎娜殿下遞補。」

「好的，拜託羅伊德老師了。既然要參賽，我會全力以赴！」

亞爾奎娜堅定地開口。不過眼珠晃動，聲音也微微顫抖，恐怕大家都察覺了。倘若說到我能為她做到什麼事——

「明白了，那麼我會向校長報告。盧克斯、露比蒂雅，亞爾奎娜殿下就拜託了。」

「遵命！盧克斯，為了讓亞爾奎娜殿下品嘗優勝的美酒，要全力以赴哦！」

「——那當然，由我們三人得到優勝！」

要拿出全力，和亞爾奎娜一起在魔導新人祭獲勝。而且要強勢拿下讓任何人都無法挑剔的壓倒性勝利。我能做的只有這件事。

就算是校長的判斷，也一定有人對於這種人選感到不公平與不滿而抱怨吧？要讓那些學生們閉嘴，必須帶著這種程度的心理準備挑戰。

「呵呵，盧克斯，我不會輕易讓你獲勝哦。」

「沒錯，盧克斯！雖然對公主殿下不好意思，不過魔導新人祭的贏家是我們！你就和露比蒂雅洗好脖子等著吧！」

「雷歐尼達斯同學，那是龍套壞人在說的話哦……」

緹亞苦笑地吐槽哈哈大笑的雷歐。這兩人加上亞邁傑的隊伍肯定是強敵，南班蘿蒂雅的隊伍也無法置之不理。話雖如此，就算薇奧拉在也同樣，因此換成亞爾奎娜，該做的事情也不會變。

「好，我的話就到這裡。距離魔導新人祭還有一週，要做好準備才不會留下悔恨。啊，當然也別疏忽學業嘍？」

「不好意思，羅伊德老師。最後可以再問一個問題嗎？」

「什麼問題，露比蒂雅？」

「薇奧拉退出的理由是什麼？」

「哦，那件事啊？她的舊疾似乎惡化了，但我也沒有聽說更多實際的詳情。」

羅伊德老師說完便離開教室。緊繃的氣氛終於舒緩，能鬆口氣了。

「盧克斯同學，露比蒂雅同學。再次請你們多多指教了！我會全力以赴，不妨礙你們戰鬥！」

「剛才也說過了，用不著那麼拚命。沒問題，我已經想到必勝的方法了！」

露比滿臉得意地挺起胸膛。我竭力忍耐，不讓柔軟晃動的果實奪走目光——坐在隔壁的千金視線好可怕——我咳了一下蒙混過去。

「必勝方法，好大的口氣呢。可以告訴我當作參考嗎？」

「答案當然是不行！放學後我會告訴盧克斯，絕對不能跟敵方的緹亞等人說哦！」

「……大概能猜到啦。因為如果是我，也會想到同一件事情。」

緹亞露出奇妙的表情苦笑說道。

由於認識已久，因此能輕易猜到想法吧？不過儘管才剛決定替補，兩人會想到同一個作戰，代表很明顯掌握了亞爾奎娜的魔術資質。

「請放心吧，盧克斯。我會想出聰明又完美的作戰！就放一百二十個心，好好期待放學後吧！」

如此高聲宣言以後，露比喔呵呵呵地優雅笑著。怎麼說呢，包含緹亞傷腦筋的表情在內，那麼有自信反而讓人不安了。

「唉……該怎麼說。加油哦，盧克斯。」

「雷歐，一想到和自己無關就很悠哉嘛。給我記住啊。」

一邊和摯友鬥嘴，一邊準備上課，我說服自己有不好的預感只是多心了。

接著來到放學後，對答案的時間。場所在東宿舍的談話室。集合的成員有三個人。其內容是——

「盧克斯，為了拿下勝利，請您獨自展開攻勢，橫掃千軍！趁這段期間，由我和亞爾奎娜殿下奪取旗子！」

「嗯，我就覺得肯定是這樣。」

如我所料，應該喜悅還是唉聲嘆氣呢？還是說應該稱讚很有露比的風格，令我十分煩惱，總之先問清楚這個作法哪裡是必勝方法肯定沒錯。

「盧克斯，我十分清楚你在想什麼哦。你在懷疑這個作戰為什麼是必勝方法吧？原因無他，就是亞爾奎娜殿下哦。」

「……畢竟萬一讓公主殿下負傷，會是一個大問題嘛。」

「不是的，盧克斯同學。既然要在魔導新人祭出賽，受點傷也是無可奈何，不會有人有意見。」

既然如此，到底又有什麼理由呢？對於這個疑問，立刻就得到回答。

「我除了治癒魔術，無法好好使用魔術。當然戰技也一樣……雖然梵貝爾先生教導了我不少事情。」

「……妳說什麼？」

「欸嘿嘿。」亞爾奎娜浮現苦笑。「附帶一提運動神經也不太好，你別生氣。」當她如此補充，我不禁大為吃驚。有魔術師只擅長一種技能，我也曾經在決鬥場一再戰鬥過，不過她的才華也太偏向一邊了。

「也就是說亞爾奎娜完全是後方支援型的魔術師呢。倘若不派一名護衛跟著，就只是個會動的標靶。」

在本人面前也說得太狠了。

「此時的關鍵就是盧克斯哦。不論好壞，你在學園內是和緹亞並駕齊驅的名人。而且還擁有在模擬戰中打贏亞邁傑的戰鬥能力。你曉得這表示何種意義嗎？」

「難不成……妳不會想說大家都盯上我的首級了吧？」

「不愧是盧克斯，這麼敏銳，不用多費唇舌！」

就算帶著楚楚可憐的笑容回話，我也不知如何反應。

「倘若這樣的你單獨行動，對手也不得不多個人應對，畢竟如果無視，反而會被你打倒哦。」

「…………」

如果我開口露比會生氣，所以我不會說，不過這個說明出乎意料地合乎道理。她並非不經大腦提出獨自展開攻勢。

「今年的一年級學生裡，能和你一對一正面戰鬥的有三個人。相對而言，只要壓制這三個人，我就可能獨自應付。」

就算露比等人受到包圍或負傷，亞爾奎娜會用治癒魔術，因此也不會輕易陷入無法戰鬥的情況。

「原來如此……以露比而言，妳有在好好思考呢！嗯，我覺得這個作戰可行。」

「……那種說法令人無法釋懷，算了。那麼以後就把這個作戰命名為『既然賢才招忌，有種就來挑戰』作戰吧！怎麼樣？」

就算這麼問，我與亞爾奎娜不禁面面相覷。看來才色兼備的千金大小姐缺乏命名的品味呢。

幕間　計畫，開始

「呵呵呵，今年的魔導新人祭比往年更熱鬧呢！我也好想在觀眾席欣賞哦！」

「無聊透頂，那種兒戲哪裡有趣了……我絲毫無法理解呢。」

終焉教團的艾瑪克蘿芙與一個魁梧的男人一邊談笑風聲，一邊行走於昏暗且散發霉味的路上。他的名字叫做路加爾．卡魯力克。是教團內七名幹部「七罪導師」中，肩負【憤怒】的高大男人。

正如那副外表，連腦中也裝滿肌肉，具有任何事都用武力解決的傾向。與喜好權謀算計的艾瑪克蘿芙的性格正好恰恰相反。

「因為你沒看過，才會那麼形容唷。比起這種事，路加爾卿，你的傷還好嗎？」

「……沒有問題。雖然多少負傷了，但這種小傷不礙事。應該說正好當作幹大事以前的暖身。」

「呵呵呵，那就太好了。畢竟這次作戰的關鍵在於路加爾卿。假如狀況不佳，那就傷腦筋了。」

艾瑪克蘿芙微笑說道。另一方面，路加爾則浮現苦悶的表情。

「不愧是卡蓮・弗爾修。就算路加爾卿沒拿出真本事，也逼得你不得不撤退……呵呵，最年輕加入【亞榭爾騎士】的人確實有實力呢！」

「別提了。假如我認真起來，怎麼可能讓那種小丫頭占上風。況且撤退不是為了逃跑，而是為了讓這個作戰成功的戰略性撤退。絕對不是打輸逃走了！」

路加爾一腳重重踏向地面。沒有人指出他膽怯地撤退，卻自己辯解，代表多少有自覺吧？艾瑪克蘿芙在內心嘲笑，他徹頭徹尾是個小角色。

「我當然明白哦。若路加爾卿拿出真本事，至少不會讓【亞榭爾騎士】占上風。」

「歸根究柢，原因在於妳擬定這種迂迴的作戰！別耍各種小伎倆，堂堂正正地殺進敵陣不就好了……！」

臉上充斥憤怒的路加爾再次重重踏地。就是這種性格，空有蠻力的無能之輩才令人傷腦筋。

暗殺不需要堂堂正正之類的，說到底憑教團的戰力與王族開戰，獲勝的機率也不高之類的，就算如此說明，這個肌肉男也不明白。艾瑪克羅芙臉上浮現苦笑，內心則不斷

咒罵。

「……既然這麼有精神，看來不會影響之後的作戰呢。」

這個作戰花費了不少時間。路加爾果敢威猛的活躍對成功不可或缺。只要他的憤怒成為燃料並大顯身手，艾瑪克蘿芙就算被咒罵，也不打算開口抱怨。

「事已至此，也不多說什麼了。我會達成自己的職責，只要能夠達成願望。」

或許藉由踩踏地面抒發了陰鬱的情感，路加爾取回平靜，再次前進。在不被察覺的地方聳了聳肩，艾瑪克蘿芙跟在後方。

現在兩人所在的位置，是拉斯貝特王立魔術學園中無數個地下通路之一。當然並非在約會，也不是來散步，是為了接下來的破壞活動而潛入這裡。

據傳聞，學園的地下有個廣大的迷宮，連最強的魔法使愛梓．安卜羅茲也不會輕易踏入此處。只不過相對的回報也很豐富，這也只是傳聞，然而似乎能在此獲得神在時代的武器。

「這條路的盡頭，真的就是愛梓．安卜羅茲的席位嗎？直到作戰開始，時間已經不多了耶？」

在他們頭上的學園鬥祭場，魔導新人祭早已開幕。儘管目標亞爾奎娜公主在第三場比賽出場，一想到前面的比賽也有早早分出勝負的可能性，可沒有那種餘力悠哉地觀光地下街道。

「別這麼說，路加爾卿。你以為我在這間學園當了幾年的教師？只要繼續前進，就會抵達安卜羅茲校長所在的觀眾席哦。當然已經確認那個人就在那裡了哦。」

「那就好。順便再問一個問題，艾瑪克蘿芙，真的憑妳一個人就能壓制愛梓・安卜羅茲嗎？要殺掉龍的小鬼，封住世界最強是必要的條件。假如失敗，一切就付諸流水了。」

「用不著擔心哦。那一位交給我封住愛梓・安卜羅茲的法術了。所以路加爾卿請專心地和盧克斯戰鬥吧。」

「……原來如此，妳自信的源頭在此。那就好——儘管很想這麼說，最後再說一句話。不曉得其他人怎麼想，但我並不信任妳。」

「哎呀，難不成你以為我會背叛嗎？還真不曉得自己那麼沒信用。」

艾瑪克蘿芙言不由衷地裝哭說著好傷心。她太過可疑的舉動，讓路加爾不悅地說：

「那當然。畢竟妳背叛了對自己的祕密知情卻長年提供庇護的愛梓・安卜羅茲，是個邪門外道——嗚哇！」

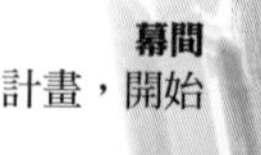

「路加爾・卡魯力克，你又多了解我？不要用一副很懂的口吻評論。」

「下次就殺了你。」艾瑪克蘿芙眼神寄宿憤慨，手指掐入路加爾的脖子如此宣告。

儘管手臂纖細，卻單手舉起巨大男人，不容許「好」以外回答的強烈殺氣。看見路加爾帶著痛苦和憤怒的臉孔點頭，艾瑪克蘿芙靜靜地放開他的脖子。

「呵呵，幸好你能夠明白。就算夥伴在這種地方彼此廝殺，也不會有人開心的。」

「……女狐狸。」

絲毫不理會一邊咒罵，一邊充滿令人幾乎停止呼吸的殺意瞪視。她浮現飄忽且難以捉摸的笑容邁出腳步。

「來來，快點趕路吧。萬一遲到，可是會被實行部隊的大家罵哦！」

「那個實行部隊有好好運作嗎？學園的教師也有人足以匹敵【亞榭爾騎士】吧？」

「那方面也沒問題哦。因為我把教團特製的藥交給實行部隊的大家了。只要用藥，就能用性命交換到等同於最強的力量，不會居於下風哦。」

如此微笑說道的艾瑪克蘿芙，有如畫中的女神，然而其中蘊含大量惡意，因此她並非正義女神，而是邪惡女神。

「拋棄性命戰鬥的老練魔術師總共五十名……就襲擊王立魔術學園而言，戰力很足夠了。」

「是的，最大的阻礙、最強的魔法使安卜羅茲校長也能用那一位提供法術封印住。如此一來，剩下的只有狩獵目標而已。拜託你嘍，路加爾卿。」

「……交給我吧。為了從星球取回世界，我會確實殺掉龍的容器和聖女。」

＊＊＊＊＊

「嘎、啊……唔！」

「為、為什麼你們會出現在這裡……嗚啊！」

在負責戒備舉辦魔導新人祭鬥技場的魔術師們面前，身穿漆黑外套的神祕集團突然現身。一方面也因為認定不會出事而大意，集團沒有陷入苦戰，成功打倒這些人。

「…………」

襲擊犯的首領俯視他們嘆氣。倘若真心認為這種水準的維安就能保護公主，預測上也太天真了。

「或許認為如果有個萬一，自己出手就能解決一切吧？那位就是擁有這等力量。」

世界上最強且唯一的魔法使愛梓．安卜羅茲。她身為校長君臨此地，且手下還有以爬到距離【亞樹爾騎士】一步之遙的鬼才羅伊德．洛雷亞姆為首的教師陣容。以及——

「『劍鬼』卡蓮．弗爾修。真的……有夠礙事。」

他憎惡地訴說，以幾乎滲血的力道緊咬嘴唇。原本如果沒有那個女人，老早就成功把亞爾奎娜公主從殘酷的命運當中解放了，也不會被懷疑王城內有人串通。

「告訴我，梵……你為什麼要養育那個孩子？為什麼要把星球的命運這種沉重的十字架託付給他……」

「——打擾了。隊長，可以跟您報告嗎？」

「……怎麼了？」

意識從無底的思考沼澤中浮出，面向出聲搭話的部下。

「已經打倒布署於鬥技場周遭的警衛，同時教團交付的魔導陣也設置完畢了。」

「……辛苦了。接著回到負責的區域，等待那些人的暗號。」

留下一句話慰勞對方以後，被稱為隊長的人物也朝著負責的區域走去。接下來他們一夥人要做的，是反叛長年以來侍奉的國家，無論成功與否，將會在歷史上留下臭名的大罪。

「即使如此我……為了拯救那一位，也非做不可……」

儘管結果會奪走如妹妹般珍視的無罪少女性命也一樣。

第7話　交錯的想法

「哎呀——雖然還沒開始，今年的魔導新人祭十分熱鬧耶！羅伊德老師，你不覺得倘若能邊喝酒邊看比賽就太棒了嗎？」

「是啊，如果能邊喝酒邊不負責任地為學生們奮鬥的模樣加油，那就太開心了。您以為我會這麼說嗎？今天請至少振作一點，安卜羅茲校長。」

在能將鬥技場一覽無遺的貴賓室中悠哉閒聊的，是拉斯貝特王立魔術學園的校長愛梓·安卜羅茲，與東班的級任老師羅伊德·洛雷亞姆。而且那裡還有另外兩人——

「咦……有什麼關係啦！今天是值得紀念的祭典哦？我們就邊喝酒邊幫小盧他們加油吧！不要那麼嚴肅，放鬆一點啦，羅伊德老師！」

【亞樹爾騎士】的卡蓮·弗爾修拉著學生時期的恩師羅伊德的袖子撒嬌。她擔任正在體驗學生生活的亞爾奎娜的護衛，不應該在場，不過僅限於今天閒閒沒事幹，因此有了閒暇。

「話說回來，沒想到小亞竟然會作為代表選手參賽呢。薇奧拉・梅爾克里歐，妳和遭終焉教團襲擊一事有何牽連嗎？」

卡蓮如此開口，視線投向坐在校長隔壁觀賞比賽的薇奧拉。由於她突然退出選手代表，亞爾奎娜才作為遞補選手參賽，這讓卡蓮萌生不信任感。

「怎麼會呢？倘若可行，我當然也想和盧克斯同學一起站在那個會場呀。不過身體狀況不佳也莫可奈何……」

「實在太可惜了。」即使受到現任最強魔術師的其中一人施壓，薇奧拉也絲毫不懼怕。不僅如此，她真的極為哀傷地聳肩。

「比起這種事，卡蓮小姐，我聽說了喔。妳似乎和終焉教團的幹部打了一場？結果怎麼樣？」

「到底從哪裡聽說的……我確實打過啦？只不過就算鋪設騙人的結界，當時也在街上呢。由於不能使用記憶解放，最後還是讓人逃跑了。」

雖然卡蓮平靜地說明，其實讓教團幹部路加爾逃跑一事被隊長罵得狗血淋頭。

「真是的……妳從以前就會在最後關頭大意。更重要的是，卡蓮為什麼妳在這裡？就算亞爾奎娜殿下作為代表選手出賽，不待在她附近沒關係嗎？」

「啊，在說那件事哦？我當然也想待在她身邊啊？不過王室親衛隊狠狠拒絕了。『公主殿下由我們保護！』就像這種態度啦。」

卡蓮無奈地聳肩。

確實考量到終焉教團的活動變頻繁，能理解王室親衛隊想做好分內的工作。只不過王城內有內賊的事件尚未解決，也令羅伊德十分在意。

「反正古菈蒂亞隊長也在場，就算有事也沒問題的！那個人十分強大，而且如果有個萬一，我可以從這裡跳下去立刻幫忙！」

「……避免出事不就是妳的工作嗎？」

「請別胡說八道，羅伊德老師。我不曉得梵貝爾・魯拉還在當隊長時是什麼情況，不過現在的【亞樹爾騎士】可是沒有事件就不會出動的龜速部隊哦！說什麼非要把公主殿下當成誘餌引出教團的作戰才行！」

如果古菈蒂亞聽見卡蓮的言論，並非怒火中燒就能了事，不過羅伊德頓時想到一種可能性。難不成薇奧拉退出選手代表，愛梓允許亞爾奎娜殿下成為遞補選手，一切都是為了引誘出教團與教團串通者的作戰嗎？

「好了，先別聊教團或內賊這類陰暗的話題了！現在趕緊來看盧克斯和公主殿下或許會對上的隊伍的比賽吧！」

愛梓像要打斷羅伊德思考般拍了拍手，只不過他並沒有漏看其嘴角往上揚。

在他們交談時，兩支隊伍走入下方的鬥技場。這場戰鬥的贏家會對上盧克斯等人。

「從開幕戰就讓緹亞莉絲妹登場，太令人吃驚了。難道校長在背地裡安排過嗎？」

「哈哈哈！卡蓮小姐，請妳講話不要這麼難聽。就算我再怎麼想炒熱大會的氣氛，也不可能把個人情感帶入可能左右學生前途的魔導新人祭呀！」

領悟哈哈大笑的愛梓真正意圖的羅伊德，於內心對老師太過自由奔放的作為，向學生們道歉。

「就當作這麼回事吧！附帶一問，戰鬥對手的孩子們實力如何？」

「當然不弱，不過提到純粹的實力，緹亞莉絲同學的隊伍要更勝一籌。然而這是搶旗戰，有什麼情況都不足為奇哦。」

「原來如此。那麼在這場比賽，或許能看見模擬戰的時候沒瞧見的緹亞莉絲妹的實力呢！呵呵，真期待呢！」

那是因為妳幼稚到拿出真本事才沒看到吧？羅伊德在心中吐槽並看向鬥技場。

明明比賽接下來才要開始，緹亞莉絲釋放的魄力可用鬼氣逼人形容，甚至席捲貴賓

室。正面對峙的學生們有何感受，已超乎想像。

「呵呵，看點在對上誕生於約雷納斯家的天才兒童的本領，能對抗到何種程度呢。來，那差不多該決定開幕戰的舞台了——好，就選擇這裡吧！」

啪，校長缺乏緊張地操作手中的魔導具，空無一物的鬥祭場上頓時出現一座森林。

「那麼魔導新人祭的第一場比賽——開始！」

*****

安卜羅茲校長宣告比賽開始，同時鬥技場變化成鬱鬱蒼蒼，甚至擋住陽光的茂密森林。只不過這個景色一切都是幻覺。是欺騙這個會場所有人，並不伴隨實體，接近魔法的魔術。

「第一戰就用森林場地……安卜羅茲校長也真是壞心眼呢。」

魔導新人祭終於開始，我們待在選手室從螢幕觀看情況。

畫面當中各自顯現緹亞陣營與對手陣營，包含旗子在內六人的所在地也一清二楚。

附帶一提，對戰對手是西班與北班的混合隊伍。既然被選為選手代表一定有實力，不過要與緹亞等人好好打一場，老實說很嚴苛吧？

「探索旗子和搜索敵人。露比會優先做哪一項？」

比賽結束時，由持有旗子的隊伍勝利，但若以優勝為目標，不浪費時間，盡可能早早分出勝負是最好的。

「不好說呢。如果擁有奪取旗子以後能逃跑到時間結束為止的隱密技能，那是一回事，假如把隊伍分成探索組與搜索組，但對手維持三人行動，遭遇時的風險就變高了。也就是說，要考量承擔風險或者走安全路線吧。」

無論對手是誰，所謂戰鬥就是一個失誤會大大影響勝負。從開始到結束為止一個選擇都沒有做錯的人，才是最後能站在戰場上的贏家。

「不過這場戰鬥當中，觀眾想看的是『四大魔術名門首席的力量』。也就是緹亞莉絲・約雷納斯壓倒性的勝利哦。」

其名轟動拉斯貝特王國，誕生於約雷納斯家，又超乎常理擁有「原初的四屬性資質者」。露比表示，見識其實力究竟多麼強大可是觀眾的共通想法。

「緹亞莉絲同學也察覺這件事了吧？」

「畢竟是她，應該十分清楚觀眾到底想看什麼。因此在對手三人一起行動的狀況中遇敵時，那一刻比賽就會結束了。」

亞爾奎娜的問題，讓緊盯著螢幕的露比帶著確信的語氣回應。正因為把緹亞視為競爭對手，才會這麼評論吧。

「因此敵方隊伍也會分散戰力，確保旗子行動才對——我原本如此推測，不過事情變得有趣了呢。」

看見畫面中映出的光景，露比的嘴角上揚。聞言視線跟著轉過去，比賽才剛開始，六人就齊聚一堂了。

看來敵方隊伍在分成探索旗子與搜索兩者之前就遭遇緹亞等人，訝異地睜大雙眼。

「那個……也就是說正面衝突了？從一開始就來到高潮？」

亞爾奎娜因出乎意料的發展而困惑，觀眾恐怕也和她有同樣想法吧。

「就是這麼回事哦。呵呵，興奮起來了呢。」

「……露比看起來很開心呢！」

「當然開心的不得了呀！能睽違已久地看見緹亞認真戰鬥，我都心癢難耐了！你們兩個，接下來嚴禁眨眼哦！」

＊＊＊＊＊

「太糟糕了……絲毫沒料到會這麼快速，而且以這種形式接觸敵人……」

「呵呵，那是彼此彼此呢。」

面對對戰隊伍露出苦笑的男學生隊長——西班的拉潭・亞普蒙德——緹亞莉絲也浮現笑容。不過那不僅限於他們的對話，包含雷歐尼達斯和亞邁傑在內的在場所有人都心生困惑。

「不過多虧如此，省下搜索的工夫了。因為比起帶著旗子四處逃跑，我比較想和你們戰鬥。」

緹亞莉絲微笑說道。只不過和那楚楚可憐的表情相反，下一刻那個身體溢出彷彿出招也不足為奇般，近乎殺氣的鬥氣。況且絲毫沒有隱藏的打算。

「啊哈哈……難不成約雷納斯家的千金小姐出人意料地淘氣嗎？」

「呵呵，不可以用外表判斷人喲。」

緹亞莉絲嘴上閒聊，流暢地拔出腰上的劍。平時總是面帶溫和笑容的她罕見地顯露

好戰態度，亞邁傑與雷歐尼達斯也驚訝不已。與被露比蒂雅捉弄盧克斯的事情而滿臉通紅害臊時，根本判若兩人。

「從沒想過約雷納斯同學會說出這種話呢！難道是受那個師兄特別生的影響嗎？」

「是的，沒有錯。不可以讓盧克斯再看見不中用的一面了。因此非常抱歉，雖然才剛碰見，請讓我早早分出勝負吧。」

「唉……果然會變成這樣嗎？不過我可不會說『好，明白了』舉白旗投降哦！」

噴發出淺綠魔力的奔流。狂風席捲，那猶如顯現拉潭的激情般狂暴又強大。

「雷歐尼達斯同學，亞邁傑同學。可以交給我解決嗎？由我獨自對付這些對手。」

「再、再怎麼說也太亂來啦，緹亞莉絲同學！我很清楚妳的實力，不過這裡就攜手合作——咕呃！」

三人一起戰鬥，就在亞邁傑想這麼說的時候，後頸被人抓住，發出青蛙被壓扁般的聲音。

「雷歐尼達斯，你突然幹嘛啦！」

「我了解你的想法和想說什麼，不過這裡就乖乖交給緹亞莉絲吧。應該說萬一沒掩護好，反而可能礙手礙腳哦。」

「真是的，再怎麼樣我也不會說出礙手礙腳這種話啦。想讓你們倆在下一場比賽好好發揮，希望你們保留力量罷了。」

打完這一局，下一場就會對上盧克斯等人。給總是一副泰然自若神情的師兄，與時常自信滿滿又優雅的摯友挫挫銳氣，是緹亞莉絲在魔導新人祭僅次於優勝的目標。

「約雷納斯同學還真敢說。打算保留實力打贏我們三個人嗎？就算是四大魔術名門的首席，妳從什麼時候變得那麼傲慢自大？」

「從什麼時候？好奇怪的說法呢，那還用問嗎——從一開始哦！」

回話的同時，緹亞莉絲的背後浮現四色的圓陣。發動圓陣的魔力，乃構成世界原初的屬性且位於其頂點。

「——四色展開【原初的女神(Primamente)】。」

熊熊燃燒的狂妄烈焰。

帶來恩賜的靜謐之水。

來自山嶺的高貴清風。

撼動大地的強悍土壤。

散發人類不禁會當場跪下磕頭般神聖的氣場，駕馭術式的緹亞莉絲的模樣猶如創立

世界的女神本身。會場的任何人都為之折服、呆若木雞。敵方對手的三個人也不例外。

「發呆沒關係嗎?站著不動，就要結束嘍？」

「——唔!快散開!」

「太慢了。【起始為一──火】。」

拉潭慌張大叫時已經太遲。

隨著緹亞莉絲的詠唱，深紅的圓陣閃爍發亮，無數個火焰彈——火屬性第三階梯魔術『鬼火．火焰彈』——射出。

「——唔!」

儘管沒有直接命中，爆炸的熱風卻讓拉潭的皮膚感受燃燒般的刺痛。不過他的兩名同伴已被剛才的攻擊打倒。應該沒有大意，卻沒有料到會遭到第三階梯的魔術突襲。

「難道那是妳的……不對，是約雷納斯家一子相傳的魔術嗎？」

「天曉得，不好說呢?我看起來像是會在戰鬥當中欣喜談論自己手牌的人嗎？」

「……也是呢，雖然不覺得妳願意說明，該不會紅色以外的三道圓陣會同時釋放魔術吧？」

「呵呵，那當然……要保密。」

緹亞莉絲以不像立於戰場的惹人憐愛笑容回答，拉潭聳肩嘆氣。僅僅一招就陷入壓倒性不利的狀況，即使如此他依然沒有放棄。

「一子相傳的強大魔術，因此應該需要龐大的魔力才能維持。那麼只要專心逃跑，我的魔力就會耗盡。你是這麼盤算的吧？」

「…………」

拉潭沒有回話，壓低重心觀察逃跑的時機。緹亞莉絲的說法正確無比。縱使失去同伴，倘若能逃離這個場合以後找到旗子，就有勝算。

湧起的歡呼聲不知何時停歇，會場一片寧靜。僅僅一次的攻防，讓觀眾們直覺理解了，下一次衝突可能就會分出勝負。

「風啊，化為利劍突擊『疾風．短劍』！」

「【起始為二（Primamente Double）——土（Earth）、火。】」。

幾乎同時發動。土色與火色的圓陣發光，啟動魔術。

不過拉潭的魔術早一步發動，淺綠色的大劍朝向緹亞莉絲飛去。

「——什麼？」

縱使無法一擊必殺，倘若命中應該可造成破綻。不過反過來看，無論攻擊多麼迅速又凌厲，假如沒有命中就毫無意義。也就是說，拉潭的魔術被從大地產生的幾道堅固的盾牌迅速防禦了。

既驚愕又動搖，即使如此拉潭也拔腿狂奔。然而他的判斷實在太慢了。為了成功逃離這個地方，他連魔術都不應該釋放。

「『鬼火・爆破・劍雨』。」

火炎劍猶如驟雨從天而降，包圍拉潭似的突刺，化為牢獄奪走逃跑的路線。

「啪嚓。」緹亞莉絲一彈指，火炎劍便一齊爆炸，拉潭與幻木一同籠罩在深紅的火焰中。結果他有何種下場，多說無益。

『比賽結束！緹亞莉絲、亞邁傑、雷歐尼達斯隊獲勝！』

「「「嗚哦哦哦哦哦哦哦哦哦哦哦哦哦——！」」」

校長一宣告，同時觀眾席再次爆出地鳴般的歡呼聲。

於是魔導新人祭的開幕戰，以無比華麗的一擊拉下帷幕。

*****

「欸，露比。姑且問一下，那是緹亞的真本事嗎？」

看見螢幕中浮現滿面笑容朝觀眾席揮手的緹亞，我膽怯地詢問坐在隔壁的露比。

「是的。那是緹亞的——被稱為約雷納斯家創始以來的天才，那孩子**身為魔術師的真本事**哦。好久沒看見了，果真很驚人呢……」

雖然露比感嘆得聲音發抖、緊緊凝視螢幕，但她的嘴角有如發現獵物的獵人一樣猙獰扭曲。

「展開能讓四屬性的魔術以一小節發動的圓陣，約雷納斯家一子相傳的魔術。那就是【原初的女神】哦。只不過展開時能發動的只有她現在學會的四屬性魔術，有這種缺點……」

「那不叫缺點吧……」

「確實如此呢。」露比苦笑回答。

就影像中看見的，緹亞似乎能使出到達第五階梯的魔術。僅僅如此便可說她已經踏入一流的領域了，毋須詠唱冗長的咒文就能發動又是另一回事。即使現在立刻被納入王國最強之名也不奇怪。

「還有硬要說的話，就是消耗的魔力龐大這一點吧？只不過依緹亞保有的魔力，可以維持五分鐘，因此不打長期戰就沒有關係呢。」

「而且還會師傅教導的阿斯特萊亞流戰技。四大魔術名門最強確實名副其實。」

重新一想，緹亞擁有的才華強大到連童話故事中的反派也想不戰而降吧。為何會輸給戴夫南特某某，甚至覺得不可思議。

「話說在前頭，『雷禍的魔術師』只是對手太難纏罷了。就算是緹亞，對上實力足以匹敵【亞榭爾騎士】的對手，發動【原初的女神】以前就被打倒了喔。」

「……真虧妳知道我在想什麼呢。」

「想法都寫在臉上了。當時一方面也因為緹亞火冒三丈，輸了也無可奈何。只不過倘若能稍微冷靜……或許會有不同結果吧？」

「那、那個……抱歉打斷你們，被那麼驚人的魔術擊中，敵方隊伍的大家沒事嗎？一般會當場死亡吧？」

亞爾奎娜以缺乏公主風範的膽怯模樣詢問。由於注意力被緹亞的魔術拉走，都忘得

一乾二淨了，確實正面吃上第五階梯魔術，沒有人承受得住。

「啊，關於這點不會有事。那個鬥技場和幻術一起鋪設了方便的結界，只要承受超過一定數值的傷害，就會強制退場哦。取而代之承受傷害的是——」

如此說道的露比指向亞爾奎娜別在胸前的校徽。這是配給參加魔導新人祭學生們的物品，有交代一定要戴著參加比賽。

「那個校徽是校長的魔導具，能夠代替承受致命傷級別傷害的特別物品哦。若不和校長的幻術一起就無法發揮效果是美中不足之處啦。」

「不對，已經相當足夠了吧？話說有那麼驚人的物品，為什麼沒有人說明呢？」

「當然是為了讓和你們倆同樣不知情的觀眾吃驚呀。附帶一提，開幕戰結束以後說明是慣例行程喲。」

露比說得沒錯，從螢幕中傳出校長惡作劇成功孩童般的雀躍聲音，說明魔導新人祭的安全層面。拉潭和他的同伴也生龍活虎地笑著揮手，看來真的沒有受到傷害。

「就是這麼回事，盧克斯，就算對手是緹亞也不要手下留情，全力以赴把人打得滿地找牙！」

「滿地找牙……當然會拿出全力，但我沒料到緹亞認真起來這麼厲害，不曉得能不能贏耶？」

把上課時交手所掌握的實力統統忘記，若不以和師傅戰鬥的想像挑戰就贏不了。

「怎麼那麼懦弱！打倒我們贏不了、極惡非道的邪道『雷禍的魔術師』的正是盧克斯啊！拿出自信來！情況再糟糕，只要把人逼到一對一的局面，之後由我想辦法。」

「可是露比蒂雅同學，如果盧克斯同學和緹亞莉絲同學一對一，妳就不得不應付亞邁傑同學和雷歐尼達斯同學兩人了……沒問題嗎？」

「請放心，亞爾奎娜殿下。只要打倒亞邁傑，雷歐尼達斯不管來一個還是兩個，我都能輕鬆解決！」

露比挺起胸膛，自信滿滿地呵呵大笑。這種說法若是讓當事人聽見，可能會額頭冒青筋、憤慨不已吧。就算是比賽對手，希望雷歐在這方面能想辦法還以顏色呢。

「來，就別閒聊了，關於對緹亞戰，就由交手過好幾次的我來傳授各種祕訣吧！」

既然話說得這麼滿，由露比戰鬥不就好了？我和亞爾奎娜面面相覷地苦笑。

＊＊＊＊＊

比賽順利進行，終於來到我們的第一場比賽。然而離開選手室走向鬥技場以後，亞爾奎娜的表情緊繃，身體也很僵硬。任誰都看得出在緊張。

「亞爾奎娜殿下，不用那麼緊張，沒事的喔。請好好待在我身後。」

「謝、謝謝妳，露比蒂雅同學。我第一次在人群面前戰鬥，現在心臟彷彿要從嘴裡跳出來了。」

「請放鬆。只要場地不是視野良好的草原，亞爾奎娜殿下就不會被牽扯進戰鬥。」

露比呵呵笑著如此表示，不過在開始前說這種話，如果真的遇上草原場地可就無法一笑置之了。

「……盧克斯同學，我好像浮現非常不好的預感了。」

「還真巧，亞爾奎娜。我現在也正好浮現非常不好的預感。」

話雖如此，我的職責是擋下緹亞，因此沒有遮蔽物的草原場地最容易戰鬥。況且露比他們也不需要戒備奇襲，因此決不只有壞處。

「真是的……上場前在害怕什麼呀！不論遇到什麼樣的場地，我們的字典裡沒有敗北這兩個字！沒錯吧，盧克斯？」

「當然沒錯。無論何種場地，就算對手是緹亞，拿下比賽進入決勝的是我們。」

「沒有錯！來，打起精神！亞爾奎娜殿下也請放一百二十個心！」

「好的！那我就不客氣地一直躲在妳背後了！」

亞爾奎娜握緊拳頭，用力宣言。雖然內容作為王女來說不好聽，不過公主殿下這樣恰恰好。

立下新的決定，我們一腳踏入決戰場地的那一刻。從座無虛席的觀眾席降下撼動靈魂般的熱氣與歡呼聲，讓人呆若木雞，愣在原地。在這麼多觀眾的注目下戰鬥，實在很緊張呢。

「呵呵，盧克斯，狀況怎麼樣？」

「很不巧地狀況非常好哦。緹亞才是如何？和拉潭戰鬥時消耗的魔力恢復了嗎？」

「是的，沒有問題。已經恢復到能和盧克斯全力戰鬥的程度。僅限五分鐘，我有自信比盧克斯還強大。」

比第一次在巷子裡見面時更加自信滿滿的緹亞說道。只不過，曾見識過一次認真的模樣以後，能理解那並非誇大其辭。

「緹亞，期待和盧克斯的對決無所謂，但可別忘記這場比賽是搶旗戰喲。」

「謝謝妳擔心我，不過沒有問題。打倒必須邊保護亞爾奎娜殿下邊戰鬥的露比，對亞邁傑同學和雷歐尼達斯同學來說輕而易舉。」

「沒錯吧？」緹亞朝著後方的兩人問道。看見他們自信滿滿點頭回應，露比的眼神燃起激動。雖然是單純易懂的挑撥，對於直線思考的露比十分有效。倘若這股怒火能往好的方向發展就好，不過欠缺冷靜會有些危險。

「呵呵，盧克斯，不可以分心哦。請專心和我分出勝負，不然……我會生氣喲？」

「放心吧，我在戰鬥當中也沒有那種餘力分心。」

我邊說邊把手擱在腰上的劍柄。就算對手是師妹，是四大魔術名門首席的大小姐，只有今天不會手下留情。

「呵呵，終於能和盧克斯認真戰鬥了呢。這一天終於到來，我今天一定要讓你無言以對！」

緹亞哼聲威嚇的模樣莫名可愛，我不禁心情上舒緩下來，揚起嘴角。

「喂，盧克斯！就算緹亞莉絲同學很可愛，接下來我們要認真對決了哦？不要露出不正經的表情！」

「冷靜點，亞邁傑。就算緹亞莉絲同學可愛的表情被盧克斯獨占了，也別那麼嫉妒嘛。這樣很難看哦？」

「這是我和盧克斯之間的問題！雷歐尼達斯閉嘴啦！還有並不難看好嗎！」

「不對不對……注意一下現在正在大批觀眾面前丟臉啊，拜託，連我都要跟著不好意思了。」

雷歐悲痛的慘叫徒勞無功，亞邁傑鼓起臉頰，籠罩殺氣的視線投向我。話說回來，或許在王城一起受過訓練，兩人猶如兄弟一樣默契十足，真有趣。如果把這個想法說出口，這次連雷歐都會生氣，就放在心底吧。

在缺乏緊張地交談時，整個鬥技場突然發光。比賽似乎要開始了。接下來要戰鬥的關鍵場地是——

「這……怎麼看都是草原呢。」

太陽發出燦爛光輝，一覽無遺的大草原。柔和的風吹拂而來，令人舒坦，飄來的草木味道讓心情平靜下來。與接下來的戰鬥不相襯的場地在眼前延伸，豈止我們，連觀眾也驚訝地屏息。

「被選上的是草原場地，關鍵的旗子在丘陵上，也就是說——」

「「先搶到旗子的隊伍占有優勢，就是這樣呢。」」

緹亞與露比的聲音重疊。從我們的方向能看見左邊隆起的丘陵頂端插了一面拉斯貝特王國的國旗。由最後持有旗子的隊伍獲勝。

「倘若能在山丘上布陣，取得地利，就算說屆時已拿下八成勝算也不誇張呢。」

「也就是從一開始就是速度決勝呢。」

要大家一齊朝著丘陵上奔跑，還是把人手分配在妨礙上呢？既然我方有亞爾奎娜，緹亞等人確認我們出招以後再行動也游刃有餘。如此一來，我們能採取的選擇有限。

「怎麼辦，盧克斯？要變更作戰，第一步由你先去確保旗子嗎？」

「不，那麼做反而是下策。假如我獨自去搶旗，緹亞等人肯定會三個人一起過來打倒露比妳們。如果妳們倆被打倒，只憑我能獲勝的可能性就等同於零了。」

「可是讓緹亞莉絲同學等人先一步搶到旗子，獲勝的可能性趨近於零吧？盧克斯同學，你有什麼好主意嗎？」

亞爾奎娜一臉不安，手放在胸前詢問。露比似乎也罕見地心生不安，蹙眉。

「露比，真不像妳呢。接下來就要開打了，怎麼那種表情？作戰不會變，妳們就朝著旗子全力奔跑。沒事的，相信我。」

「……明白了，我相信盧克斯。」

「相信盧克斯同學然後奔跑。呵呵，十分淺顯易懂，很棒呢！我會加油的！」

一下子消沉，一下子又恢復精神，還真忙碌。那就是感受壓力的證據吧？敵人又是競爭對手緹亞，壓力更大。

「比賽差不多要開始，作戰會議結束了嗎？想出打倒我們的好主意了？」

「先不管妳的口吻完全變成反派……因為如此，我想到一個不錯的點子哦。緹亞等人一定也會嚇一跳哦？」

「那就太好了。不過盧克斯的對手是我，可別忘記了。」

緹亞提醒，嘴角浮現猙獰的笑容。真是的，如果普通笑著就如同柔弱的花朵，希望不要夾雜殺氣啊。

「當然了，從一開始就會盡全力打倒妳哦。」

「呵呵，盧克斯也能露出這種表情呀。那就無需手下留情，我也會全力以赴！」

緹亞揚聲的那一刻，宣布比賽開始了。

沸騰的歡聲推了背後一把，六個人同一時間採取行動。

露比與亞爾奎娜朝著丘陵全速衝刺，亞邁傑與雷歐兩人也從另一側朝旗子奔跑。唯有緹亞亮出白銀之劍，朝我筆直衝過來。

對此，我也平靜地拔出純黑之劍，壓低重心拿好劍。接下來使出的戰技並非為了迎擊緹亞。我的目標是——

「阿斯特萊亞流戰技『天灰之忌火』！」

黑劍噴出火焰化為漩渦。從上往下揮劍，朝著跑向丘陵的兩人釋放。

「——唔？你們兩個都停下來！」

對緹亞的聲音立刻有所反應的兩人當場慌張地往後跳。不過這道業火並非只阻擋去路，還轉變為奪走他們自由的牢獄。

「……真有一套呢，盧克斯。這就是你想出的作戰啊。」

「沒有作戰這麼了不起就是了。」

為了讓露比她們搶先一步奪下旗子，必須爭取時間。

我也想過用魔術牽制，但那麼做不充分，對上緹亞同時進行會被輕易突破。然而既然同時對上這三個人，就連我也感到棘手，能採取的方法只有強硬把人關住了。

「豈止旗子，既然連地利也占據，對於我們就是致命的耽擱。真有你的呢。」

「不過這麼一來就不會有妨礙，能毫無顧慮一戰了。妳不也如此盼望嗎？」

「……有道理呢。那就趕緊開始吧。只要打倒盧克斯，那個火焰也會消失吧？」

「不曉得耶？等妳打倒以後就知道嘍？」

我以挑釁的態度回應緹亞的挑撥，把劍舉到雙眼中央。她在上一戰使出【原初的女神】確實是股威脅，只要不讓她發動就行了。假如主要使出戰技進攻，不讓她有機會用魔術，把人打倒——

「阿斯特萊亞流戰技『天灰之清火』！」

就在我往前一踏時，猶如回敬般，緹亞從純白的劍峰釋放一線深紅的熱線。

「——嘖！」

若碰到閃光可不是燙傷就能了事。我旋即往一旁跳開閃避，但緹亞趁機大大往後跳開。這段距離足以讓她發動一子相傳的魔術。

「——四色展開【原初的女神】。」

浮現於半空中的四色圓陣讓觀眾們為之沸騰。不愧是我的師妹。天真的盤算對她行不通。話雖如此，直到圓陣發動為止還在意料之中。該如何撐過接下來五分鐘才是勝負的分水嶺。

「盧克斯，我今天一定會贏哦！」

緹亞挺起胸膛，浮現自信滿滿的表情，但其中不帶有一絲疏忽或大意。為了不漏看她的行動產生的些微空檔，我全神貫注。

「【起始為一——風(Wind)】。」

綠色圓陣發亮，無數風刃朝我射來。該迎擊還是躲開呢？瞄準我思索的當下，緹亞以腳踏地，一口氣拉近距離。

「阿斯特萊亞流戰技『天灰之熾火(Svarog)』！」

在我躲開風刃時，對方算準距離了。無瑕的純白劍身寄宿火焰，嘴角帶著猙獰的笑意，凌厲地揮下劍。

果真來這一招嗎？我使出同樣的戰技迎擊，想起比賽前和露比商量的事情。那就是緹亞對上「雷禍的魔術師」時不能用【原初的女神】致命的理由。

「妳已經能同時使出那種魔術和戰技了啊。」

「我想露比大概告訴你不少事情，不過情報太老舊了。我也每一天都在成長。」

維持魔術所需的不只魔力，還有專注力與精神力，而且也需要體力。身體強化類的魔術暫且不提，能邊發動【原初的女神】邊用戰技，已經到達師傅(英雄)的領域了。

「重要的是，盧克斯，悠哉聊天沒關係嗎？我隨時都能發動魔術哦？」

頓時領悟那番話含意的我往後一躍，但緹亞不給我逃跑的機會，圓陣發光。

「【起始為二——火、風】！」

熊熊燃燒的烈焰席捲，灼熱的暴風吹拂。魔術本身各為第一階梯的單純魔術，然而交雜在一起，威力無法比擬。

「阿斯特萊亞流戰技『水明之白雨』！」

水牆與火風衝突的當下，噴出大量白煙。煙被殘留的風吹開，擴散到整片草原上。同時緹亞的氣息也消失了。

「目的是阻塞視野嗎？不過這種程度的煙霧沒有任何意——難不成！」

等回過神，緹亞已經朝著丘陵跑出去了。儘管宣言要打贏我，發動底牌的魔術，沒料到她會放棄戰鬥。

「不愧是盧克斯。馬上就察覺我的目的，真有一套——我很想這麼說，不過緊要關頭太天真了。」

「——唔？」

就在我想朝露比等人奔去而踏出腳步時，背後傳來澄澈的聲音。慌張地轉頭，高高舉起武器的緹亞就在眼前。

「阿斯特萊亞流戰技『天津之科戶風（Zephyrus）』！」

纏繞能一掃萬物的旋風之劍無情地朝我揮下。以時機來說，根本不可能擋下猶如神

之鐵鎚般的攻擊。

快動，讓我動，快反應，把全部的魔力用來躲避和防禦。

在向前傾的姿勢當中，我無視身體發出的慘叫，心一橫往旁邊跳躍。疼痛化作警告傳遍全身。

「——嘎啊！」

雖然躲開斬擊，我的身體遭烈風波及並彈飛，一再衝撞地面。直接放棄維持意識的衝動霎時席捲而來，但我咬緊牙關，扶著插在地面上的劍站起身。

「盧克斯果然很厲害呢。原以為那一招肯定能分出勝負，沒想到躲開了。」

「不對，沒有躲開啊。快看，我可是遍體鱗傷耶？」

「是啊，一想到平時總是我被打得遍體鱗傷，這樣的結果已經足夠了。」

苦笑聳肩的緹亞表情依然游刃有餘。好了，該怎麼辦呢？距離圓陣消滅為止還有將近三分鐘。如果繼續被動接招，狀況愈來愈不妙的是我這裡。

「女神的寵愛啊，化為風，治好那個人所有的傷——『厄俄斯・奧蘿拉』。」

柔和又溫暖的風吹過我的身體。當我理解那是亞爾奎娜的治癒魔術時，身體各處的傷已恢復到就像沒發生過任何事情。」

「你還好吧，盧克斯同學？還活著嗎？」

「盧克斯，沒有必要害怕受傷！就按照作戰，用割肉碎骨的戰法壓制緹亞！」

學生彼此的戰鬥應該不是拚命廝殺，把肉割下來表示又要嘗到那種痛楚，拜託不要云云，我對兩人有諸多抱怨想說，但首先得向公主殿下道謝。

「得救了哦，亞爾奎娜。多虧有妳，我又能戰鬥了。」

沒想到這麼快就得倚靠她的魔術。如果師傅看見，會大罵我「太不成熟了」吧。

「原來如此……這就是露比提到的必勝方法呢。呵呵，擬定了挺過分的作戰呢。」

「為了勝利要不擇手段。有什麼關係，我不討厭這樣。」

稱不上必勝方法這種了不起的東西。簡單來說就算我受到致命傷，亞爾奎娜也會施展治癒魔法立刻治好，直到打倒對手為止持續戰鬥。

「盧克斯有時候會想出很驚人的事情呢。不過這樣就很清楚了。就算亞爾奎娜殿下的治癒魔術再優秀，魔力也有極限。既然如此——」

「不斷讓我負傷，直到亞爾奎娜的魔力耗盡嗎？妳就沒想過我在【原初的女神】解除為止會一直躲避嗎？」

我不打算做那種難堪事就是了。

「呵呵，盧克斯不擅長說謊呢。不過若你這麼做，確實挺傷腦筋的，因此差不多該開始開心的第二回合了吧？」

「是啊，之後還要打決勝戰呢，快點打完吧。」

在烈焰依然熊熊燃燒的戰場上，我們再次舉好劍。我使出渾身解數警戒【原初的女神】，同時也小心戰技。

「那麼──我要上了！」

「──來吧！」

第二次的激戰。爆炸般的衝擊音響起並向地面一蹬的那一刻──

轟隆隆隆隆隆隆隆隆隆隆──！

從會場外傳來爆炸聲，同時響起玻璃粉碎的尖銳聲響，綠油油的草原與丘陵的幻術消失了。轉眼之間，空中突然有個巨大男人闖入鬥技場。著地的瞬間，地面就像隕石落地般塌陷了。

「希望之光發亮的時間結束了！接下來就是絕望的時間！」

有如野獸猙獰的笑容，全身纏繞鎧甲般厚重殺氣的狂戰士。其視線愕然投向站在露比身旁的亞爾奎娜。

「豈止龍的容器，竟然連星之聖女也在場！實在太剛好了。把你們兩個一起送到地獄去！」

用不著問是誰，這男人是敵人。如此認知的我和緹亞就算感到困惑，也拿好武器。

校長的幻術與結界被破壞，讓戰技的火焰和緹亞的魔術都消失無蹤了。不過消耗的魔力與體力都恢復，倘若加上雷歐和亞邁傑，就算這個男人再怎麼危險，也不會輸。

「哈哈哈！以小鬼頭而言，散發的殺氣還真不錯！既然露出獠牙，我就不會手下留情。把人統統殺——」

把人統統殺掉，在巨大男人說完以前，有新的參加者——身穿黑色外套的可疑集團與王室親衛隊——闖入鬥技場了。

「為什麼終焉教團會來這裡？維安呢？而且為什麼王室親衛隊也一起？」

「……王室親衛隊也背叛了。看來是這樣吧。」

亞邁傑悲痛慘叫，緹亞以顫抖的聲音擠出話語回應。

下一刻，原本充斥熱情與興奮的魔導新人祭，變成受恐懼與混亂支配的瘋狂宴會。

第8話　這場戰鬥是為了誰

「冷靜！不要慌張，查看情況並引導觀眾避難！」

會場外爆炸以後，儘管羅伊德本身也很混亂，仍在校長的指示下立刻快速奔出貴賓室，在觀眾席帶頭指揮引導。

大部分觀眾是學校的學生，或者從事魔術相關工作的人們，因此即使困惑，也少有人陷入慌亂。但不曉得接下來會發生何事，不得大意。

「可惡！沒想到會盯上魔導新人祭！終焉教團的目標果然是盧克斯嗎？還是說公主殿下？」

視線投向鬥技場，看見黑色服裝的戰鬥員一同冒出深紅的魔力，便咒罵：「不管目標是誰都太糟糕了。」

「那就是卡蓮提過，教團製造的禁忌藥物嗎？如果真的以生命為代價獲得與【亞樹爾騎士】匹敵的力量，只憑盧克斯等人……！」

「羅伊德老師！到底發生什麼事了？」

把專注思考的羅伊德拉回現實的，是同事魔術教師的聲音。由於負責的年級不同，少有交談的機會，但看來十分焦躁。儘管深切理解對方的心情，遺憾的是羅伊德並沒有可以回答問題的答案。

「如你所見，現在拉斯貝特王立魔術學園遭受終焉教團的襲擊，理由不清楚。」

「那麼得趕緊去幫助亞爾奎娜公主殿下！」

「冷靜一點。雖然很想這麼做，我們首先應該做的是讓觀眾避難到安全的地方。下面……即使不甘心，只能交給學生們了。」

如此說明的羅伊德緊咬嘴唇，同事教師也一樣。

公主也很重要，但身為國民的觀眾及學生亦然，作為拉斯貝特王立魔術學園的教師應當守護的並非其他人。

「不、不好了，羅伊德老師！」

在這種情況中，直到剛才都負責引導觀眾們到會場外避難的學校職員，慌慌張張地折回了。

「情況已經很不好了，現在又有什麼事？」

「王、王室親衛隊……王室親衛隊背叛了！這場襲擊的主嫌是王室親衛隊！」

職員道出衝擊的事實，幾乎同時，校長等人所在的貴賓室傳出爆炸聲。用理性壓抑情感上想喊出「說真的到底發生什麼事了」的衝動，目光投向該處。

「那是……艾瑪克蘿芙．烏爾葛斯頓！對學園無所不知的那個女人居中牽線嗎？」

「怎麼回事，羅伊德老師？為什麼艾瑪克蘿芙老師會和終焉教團在一起呢？」

「抱歉，我也沒空說明那種事。更重要的問題是王室親衛隊是這場襲擊的主謀！」

豈止王國，身為世界最強的魔法使與【亞樹爾騎士】的卡蓮，加上雖為學生卻擔任四家當家的薇奧拉都在那間房間，就算是艾瑪克蘿芙，獨自襲擊也等同自殺行為。

絲毫無法理解她的目的，然而現在羅伊德不得不確認的情況就是職員帶來的情報。

「我也不清楚……只是在引導觀眾時，突然就遇襲了！」

再怎麼在意那個房間也無可奈何。

「抱歉我慌了手腳。你為了傳達狀況返回，但一起前往的教師在做什麼？」

把氣出在職員身上又能怎麼辦。就算同為魔術師，學園的職員和教師不同，幾乎沒有實戰經驗。

「是、是的……馬克老師和觀眾之中的魔術師一起戰鬥，持續避難。我聽從他的交代，來向羅伊德老師報告……」

「這樣啊，謝謝，多虧你，極早掌握狀況了。接下來我前去救援！」

「那麼我就留下來負責指揮避難。羅伊德老師，祝你武運昌隆。」

「萬事拜託了。如果有萬一，盧克斯等人就拜託了。」

倘若可行，身為級任老師現在就想立刻去救人，無奈只能往後延。相信學生吧。羅伊德如此說服自己，並急忙趕往同事的身邊。

＊＊＊＊＊

「艾瑪克蘿芙老師，我沒料到會這麼快就再重逢，難不成是來見我的嗎？」

鬥技場外突然發生不知名的爆炸，羅伊德老師為了查看狀況衝出房間後的貴賓室。

面對一臉悠然地到來的老面孔，愛梓嘴角帶著笑意攀談。

「離別時沒有向受關照的恩師問候，一直讓我有所牽掛，才來見您了。如果我這麼說明，您願意說服卡蓮小姐抑制殺氣嗎？」

「聽見這番話還挺開心的。就交給我說服卡蓮小姐吧。就算想這麼說，在這之前，可以請妳說明為什麼要做出這種蠢事嗎？」

「幹嘛平靜地聊天啊，校長。這個女人可是搞砸難得慶典的敵人哦？在詢問理由以前，先打一拳才合乎道理吧？」

卡蓮額頭冒出青筋，折起手指喀喀作響。從身體散發出隨時拔出腰上的刀砍過去也毫不奇怪的怒氣。

「好了，我懂妳的心情，先冷靜下來。就算艾瑪克蘿芙老師再強大，也不可能獨自來找我們哦？雖然我大概預測到了。」

「呵呵呵，不愧是安卜羅茲校長。難道您已經預測萬一遭受襲擊，自己或許會被盯上嗎？」

「那當然嘍。假如襲擊學園，我和前陣子不同，能自由行動啊。如此一來，傷腦筋的是你們和王室親衛隊的大家吧？」

即使事已至此，愛梓依舊面不改色。甚至還保有餘力享受，讓卡蓮錯愕地聳肩。

「有言道，要讓可愛的孩子出門見見世面呢。克服這種狀況才能長大成人，那不僅限於盧克斯等學生哦。」

「呵呵，如果羅伊德老師聽見剛才的話，似乎會氣到滿臉通紅呢。」

「羅伊德老師也是我可愛的學生。假如有成長的機會，當然要積極地在背後踢他一腳呀。」

兩人的對話倘若讓羅伊德聽見，他會怒吼：「別開玩笑了！」雖然在悠哉聊天，實際上房間的氣氛並沒有緩和，反而加速變得更緊張。狡猾的人互相試探就是這種情況。

「差不多聊到這裡吧，校長！繼續磨蹭下去，小盧和小亞會有危險的！」

「呵呵呵，急性子會被討厭哦，卡蓮・弗爾修。不過妳說得確實沒錯，我再不開始工作，會被路加爾卿責怪呢。」

艾瑪克蘿芙嘴角漾著無懼的笑意，發出啪嚓聲響彈指，愛梓的身體便被像是發光鎖鏈的物體綁住了。

「原來如此，艾瑪克蘿芙老師獨自前來的理由就是這個。真是的，那個蠢徒弟要到什麼時候……」

「——校長？」

「沒事的，卡蓮小姐。別管我，妳去找盧克斯一行人。憑現在的他要對付那個男人有點棘手，去幫他們。」

「拜託了喔。」愛梓拋了個燦爛的媚眼以後，就遭到背後產生的光穴吸入，從貴賓室裡消失了。

「艾瑪克蘿芙・烏爾葛斯頓，妳把校長送到哪裡去了？」

「呵呵呵，我把安卜羅茲校長傳送到異空間了。只要那個人還在，作戰開始以前就會失敗。不過請放心，那個場所不會很危險。」

「——妳要把校長封印在那個異空間多久？」

開口詢問的，某種意義上算是這個場合局外人的薇奧拉・梅爾克里歐。她面無表情地凝視鬥技場。那種詭異的模樣讓艾瑪克蘿芙隱約感到寒意，開口回話：

「……我想想哦。頂多一個小時吧？那又怎麼了？」

竟然有術式能把愛梓・安卜羅茲封住一小時，這讓卡蓮內心大為震驚，但梅爾克里歐家現任當家一副不感興趣的樣子。

「沒有，沒什麼。我不打算談論妳想做的事情哦。就放手去做吧。」

「……妳看見多少了？」

眼前的少女看起來就像神明，艾瑪克蘿芙萌生彷彿被看透一切事物的感覺，聲音自然發抖。

「到底看見多少呢？我沒有義務回答。不過特別給妳一個忠告吧。若想達成目的，得把包含盧克斯・魯拉在內守護公主的騎士們統統收拾掉喲？」

薇奧拉補充，只靠那個男人力量不足哦。她的視線前方是從半空中破壞結界降落的巨大男人。加上與其對峙的，包含盧克斯與緹亞莉絲在內的四名年輕魔術師。亞爾奎娜第二公主與露比蒂雅擔憂地凝視他們的背影。

「我不曉得那個男人的能耐如何，但這樣下去，就算好不容易封印校長，作戰也不會順利哦？」

「呵呵呵，也對……就算是路加爾卿也會居於劣勢呢。感謝忠告，梅爾克里歐家的當家閣下。不過請放心，我已安排援軍。」

艾瑪克蘿芙如此說明的同時，隨著身穿純白外套的人與黑色長袍的集團，王室親衛隊大舉湧入。

「那是王室親衛隊？為什麼他們會和終焉教團一起行動啊？」

「很簡單哦，卡蓮・弗爾修。謀劃以公主暗殺未遂為首一連串事件的，不是其他人就是王室親衛隊。與教團勾結的就是——」

「——小亞！」

領悟一切的卡蓮奔到窗邊想跳下鬥技場。但艾瑪克蘿芙不會放過沒有防備的背影。

「不會讓妳輕易趕到公主身邊哦，【亞榭爾騎士】。」

「妨礙解救公主危機的隨從也太不解風情了吧？」

原本艾瑪克蘿芙想發動把房間本身從現實世界隔離的結界，不過遭到薇奧拉無詠唱施展的魔術阻止了。

再次嘗試構築時已經慢了一步，現任最強的魔術師已降落至戰場。

「……真厲害呢，薇奧拉．梅爾克里歐。妳該不會看出我真正的工作是擋下卡蓮．弗爾修，為了妨礙我才來到這裡吧？」

「剛才也說過，沒有義務回答妳的問題。那麼……在妳上場之前，我們來聊天吧。為公主殿下著想的背叛者？」

＊＊＊＊＊

「怎麼會……大家為什麼做出這種事……！」

「鎮定一點，亞爾奎娜殿下！」

看見終焉教團與王室親衛隊聯手闖入鬥技場，亞爾奎娜大受打擊，雙膝跪地。

「……盧克斯，你怎麼看這種狀況？」

聽見會場外傳來源源不絕的巨大爆炸聲響，緹亞警戒著巨大男人，低聲朝我搭話。

「已經超越最糟糕，是地獄呢。只有巨大男人就算了，對上那麼多人數的教團和王室親衛隊的魔術師，根本不可能守護好亞爾奎娜。」

而且他們都持有那種藥——在王城對付過的隊員所使用、以性命為代價強化己身的劇藥吧？如果在場所有人都用藥，根本撐不了多久。

「優先讓亞爾奎娜避難。我會拖住那些人，你們就趁機離開這裡。」

「請別說蠢話，盧克斯！我也要一起戰鬥！不會讓你獨自背負一切。」

「緹亞莉絲同學說得有理！既然身為拉斯貝特王國四大魔術名門，就有守護公主殿下的義務！而且我絕對不會把事情推給你一個人以後逃之夭夭！」

亞邁傑也同意緹亞的話。雷歐的表情也寫著那還用說，幹勁滿滿。他們的心意令人開心，但如此一來所有人都會死在這裡。

「哈哈哈！看了一場青澀又難為情、頗為精采的友情劇啊。然而在不曉得誰引發這種事情的時候，就只是一場鬧劇罷了！」

如此說道的巨大男人捧腹大笑。明明渾身破綻，卻感受到如果不經大腦砍過去反而會被制伏的威壓，無法行動。恐怕比以前對付過的戴夫南特．庫克雷因還要強。

「那麼，當作讓我看見有趣鬧劇的謝禮，我有一個提議。緹亞莉絲．約雷納斯，乖乖把那裡的龍的容器和第二公主交出來。如此一來不只你們，我會放過在場所有人的性命。」

「……我不明白那番話的意思呢。」

「要老實接受別人的好意哦？意思是用兩人的性命拯救多數人。還是說，身為拉斯貝特王國四大魔術名門首席的約雷納斯家的人，不明白正確的選擇？」

「邪道！膽敢做出這種行為，到這種地步還說拯救，臉皮也太厚了！我絕對不會把盧克斯和亞爾奎娜殿下交出去！」

「——說得好，緹亞莉絲妹！」

熟悉的聲音，與打破玻璃的鏗鏘巨響。王國最強的魔術師翩翩降臨絕望的戰場上。

「卡、卡蓮小姐，妳來了啊！」

無比可靠的援軍登場，讓亞爾奎娜的表情恢復神采。我和緹亞也一樣。若有卡蓮小姐在，這種狀況再嚴峻也能突破。

「那當然嘍，小亞。畢竟現在的我在身為【亞榭爾騎士】之前，乃拉斯貝特王國第二公主亞爾奎娜・拉斯貝特的護衛呀。」

卡蓮小姐以一如往常缺乏緊張感的淘氣態度拋了媚眼。不過現在十分心安。

「抱歉讓你久等，小盧。有點麻煩事才晚到了。」

「不會，登場的時機太棒了，卡蓮小姐。」

「英雄一向姍姍來遲嘛！趕緊把路加爾某某和所有人收拾掉，讓小亞前往安全的場所避難吧。」

卡蓮小姐如此說道，拔出腰間的劍。流暢的洗練動作令人不禁看入迷。

「又是妳，卡蓮・弗爾修。竟敢再三阻撓我……！那個時候應該要殺了妳。」

巨大男人——名字叫路加爾嗎——以瀑布般的殺氣朝向卡蓮小姐，而當事人卻說：

「哈哈哈！夢話是在睡覺的時候說，才叫作夢話哦？如果清醒的時候說，單純就是妄想哦？」

「卡、卡蓮小姐？為什麼要在這種時候挑釁對方啦！」

緹亞慌張地吐槽，卡蓮小姐卻滿臉不在乎地拍膝蓋繼續笑。只要一個不小心也可能全滅的狀況當中，挑撥敵方大將實在做得太過火了。

「說到底，那個男人到底是什麼人，卡蓮小姐？」

「那傢伙是路加爾・卡魯力克。終焉教團中的七名幹部【七罪導師】的其中一人。記得肩負的是『憤怒』吧？」

附帶一提，艾瑪克蘿芙肩負「嫉妒」，卡蓮小姐補充道。雖然不曉得教團的幹部威脅多大，至少肯定和卡蓮小姐的實力相當吧？

「不過不是我們的對手，沒事的。緹亞莉絲妹就集中精神，小盧準備好隨時都能跑到小亞等人的身邊。」

如此說道的卡蓮小姐持劍擺好架式。不同於挑撥的態度，看來沒有大意，讓人安心了。同時也幾乎看出她的目的是什麼了。

「……以為逃得了嗎？」

看來不只有我察覺。路加爾湧出魔力與殺氣，縮短距離。

「逃跑？你從剛才的話都很有意思呢。面對比自己弱小的敵人，你以為有逃跑的選擇嗎？」

「……真敢說。那就在這裡殺了所有人。然後卡蓮・弗爾修，我會最後一個殺妳。就讓妳嘗嘗想守護的人們在眼前一一死去的地獄吧！」

雖然錯愕地嘟囔：「興趣有夠差勁。」其眼中卻燃起激情。同時散發遮掩不了的殺氣。看來路加爾某某觸碰到逆鱗了。

「……我會開出一條退路，小盧你們就和小亞一起儘快離開這裡。」

「可是卡蓮小姐，到底逃到哪裡才好？敵人也可能在外面埋伏，根本沒有安全的場所啊……」

緹亞依然維持魔術，卻以不安的聲音詢問。確實，與其離開這裡後遇到別的敵人，和卡蓮小姐聯手打倒在場的敵人似乎更為安全。

「別擔心，緹亞莉絲妹妹。我告訴妳這個學園最安全的場所。其實前往安卜羅茲校長所在的貴賓室就好，很不巧地那裡遭敵人占據，而且校長也被傳送到異空間，人不在這裡，稱不上安全。」

雖然卡蓮小姐如此說明並哈哈大笑，我和緹亞卻絲毫笑不出來。校長被傳送到異空間是什麼意思？

「請等一下，卡蓮小姐。妳是不是趁亂說出驚人的事情了？」

「可是沒關係！我來告訴你們祕密場所！那就是——」

「——殺了龍的容器和星之聖女。從星球取回世界！」

「「「為了純淨的世界——！」」」

路加爾打斷卡蓮小姐的話似的大喊，終焉教團的戰鬥員發出怒吼。王室親衛隊的隊員手拿武器襲擊而來。我們也拿好武器以應戰，不過被卡蓮小姐笑著制止了。

「炎帝啊，以鳳翼的吐息，將我面前蔓延的汙穢悉數燒盡。『貝麗薩瑪』。」

嚴肅的聲音編織的咒文，乃火屬性的第六階梯魔術。

存在於神在時代的幻獸拍動翅膀，帶來金黃色的炎風吹襲戰場，毫不留情地燒盡敵人身體。毫無苦痛，僅僅被其包覆便輕易讓性命燃燒殆盡的溫柔火焰。

然而超越穩定甚至達到異常的信念驅使他們行動。對燃燒的身體注射深紅的液體，強硬地抵消火焰，持續步行。

「嗚哇……不惜做到這種地步也要小盧和小亞的命。教團和王室親衛隊就是這麼認真吧？」

難以置信的光景讓卡蓮小姐十分錯愕。不過這樣狀況很明瞭了。假如要守護亞爾奎娜，必須完全奪走他們的性命。我究竟能做到嗎？

「沒事的，小盧。你不用背負他們的性命。這裡就交給身為大人的大姊姊，你和小亞他們一起去避難。」

卡蓮小姐確實說中我懷抱的不安。雖然口吻輕鬆，她的側臉帶著不禁讓人顫抖的正經，感受到對他們的怒火。

「我明白了，卡蓮小姐。這裡就拜託了。我們走，緹亞、雷歐、亞邁傑！」

「……卡蓮小姐，祝妳旗開得勝！」

「這裡就拜託了，卡蓮小姐。之後一定要再見面！」

「結束以後，我們去吃個飯吧！」

各自向隻身面對瘋狂軍隊的卡蓮小姐喊話以後，我們奔跑到亞爾奎娜和露比身邊。

「呵呵，在對誰說話啊？我可是王國最強部隊【亞榭爾騎士】的卡蓮．弗爾修哦？面對這種程度的對手，不會居於下風的。」

背後傳來無懼的聲音，同時魔力爆發性高漲。那是卡蓮小姐散發的魔力，我直覺理解了她想做什麼。畢竟是第二次在近距離看見了。

「記憶解放——『斬首八岐大蛇』。」

以狀況而言，八把神劍第三次顯現。然而和至今為止不同的是，那裡蘊含的魔力龐大且精湛到過去無法相比。

「壹之太刀【臨】」。

把刀舉到右上方重重一揮的第一擊。地面遭劃開，教團的魔術師們隨著塵煙被打飛

到半空中。

「貳之太刀【兵】」。

接著釋放從左上方重重一揮的第二擊。王室親衛隊的隊員們來不及慘叫就喪命了。

然而他們的進擊沒有停歇。

「參之太刀【鬥】」。

沒有停歇，揮下第三擊。無慈悲的水平一閃，把從後方逼近的敵人統統打倒了。他們從懷中拿出針筒，果斷地插入手臂。

「肆之太刀【者】」。

對如文字所述賭上性命攻來的人們，毫不留情地釋放第四擊。引起暴風往上一砍，紅色集團統統有如破抹布被打飛了。我們和亞爾奎娜在會合的丘陵上呆滯地眺望可說是壓倒性的光景。

「好、好厲害……！這就是【亞榭爾騎士】的——卡蓮小姐的真本事呢！」

「實在太驚人了。最年輕與最強部隊齊名就是有一套呢。」

眼前一面倒的蹂躪劇，讓緹亞與露比交雜恐懼地感嘆。我明白那種心情，不過現在不可以在此停下腳步。

「趁卡蓮小姐擋下敵人，我們也快離開吧。」

「那麼盧克斯，卡蓮小姐要我們去哪裡呢？」

除了最近的我，似乎沒人聽見卡蓮小姐的話，大家的視線都投向我。

「接下來我們要去世界最強的魔法使為據點的場所……也就是校長室。」

雖然被吼聲蓋過去，當時卡蓮小姐確實說了「校長室」。雖然不明白為何那種場所很安全，現在也只能相信這句話了。

「……原來如此。那個地方或許挺安全的。因為那個房間設了不少機關。」

亞爾奎娜似乎有頭緒。或許有放置校長製作的魔導具之類的也說不定。倘若其中有架設結界的魔導具，那就完美了。

「我明白了。那就在敵人過來之前趕緊移動吧。」

因為這裡距離校長室有一段距離，如此說道的緹亞領路，我們嘗試逃離鬥技場。

「剩下就拜託了，小盧。不過要小心哦。要看清楚誰是敵人，誰是夥伴哦。」

卡蓮小姐朝著跑在最後一個的我說出意義深遠的建議。衝動驅使我忍不住想停下腳步詢問含意，不過忍住了，把那番話的意思刻在內心，追在大家的後頭。

從鬥技場全力衝刺在筆直延續的路上，進入校舍以後，一反平時的吵嚷，無人的空間安靜到甚至詭異。

「盧克斯，抵達校長室以後該怎麼辦？」

跑在前面的露比只把頭轉過來詢問。儘管戰鬥聲響愈來愈小，仍有敵人潛伏的可能性極高。應該說如果敵人得知亞爾奎娜來到校舍避難，接下來才是真正的戰鬥。

「老實說我沒有考慮接下來的事情。使出反擊也不錯……」

「雖然取決於校長室的情況，也可以選擇守備戰啊？我覺得戰鬥太危險嘍？」

「雷歐尼達斯說得有理，盧克斯。我也覺得在事態穩定前乖乖待在房間比較好。」

「我也贊成兩人的意見。最重要的是……我不想因為自己再讓大家遭遇危險了。」

亞邁傑立刻贊成雷歐的提議，亞爾奎娜也點頭同意。她的聲音布滿濃濃的疲憊。不快點到安靜的場所讓她休息，精神上就危險了。

「——公主殿下！原來您在這裡！」

前方是背後跟著好幾個部下，朝我們跑來的王室親衛隊隊長的身影。她手中握著白銀之劍，衣著乾淨整齊。

「太好了！妳平安無事呢，古菈蒂亞小姐！」

「那是我想說的哦，公主殿下。真虧您能從那種絕境逃脫而出。」

「都是多虧盧克斯同學和卡蓮小姐……這裡大家的幫助。我不過躲在背後罷了。」

亞爾奎娜自嘲地笑著說道，不過能和長年一起度過、有如姊姊般的人會合，表情稍微恢復光彩。緹亞和露比等人也一樣，果然有個可靠的存在，也會讓精神上有些餘力。

然而我卻感覺異狀，有個小地方不太對勁。

「那麼公主殿下您們打算前往何處呢？」

「按照卡蓮小姐指示前往校長室。她說現在學園內最安全的地方在那裡。沒錯吧，盧克斯同學？」

「……是啊。」

我冷淡的回答讓緹亞等人浮現訝異的神情，但我沒有理會，想起剛才卡蓮小姐交代的事情。

「……古菈蒂亞小姐直到剛才都在哪裡做什麼呢？」

如此問道的我把亞爾奎娜護在背後。突然做出奇妙的舉止，讓亞爾奎娜一臉訝異，大家的視線也投向我，但我刻意忽視，繼續說道：

「在這緊急的狀況中，妳首先應該做的是保護亞爾奎娜。然而為什麼在校舍裡？」

「我不理解你問題的意圖……你們帶著公主殿下進入校舍後，我收到部下的聯絡。會這麼晚到，是因為遇到敵人，打了一場仗。」

「哪裡不對勁嗎？」古菈蒂亞小姐詢問。確實一般來想，沒有奇怪的地方。因此我才要問。

「那麼為什麼……你們要把殺氣對著亞爾奎娜呢？」

「——唔？」

臉上表露些許動搖。以為藏得很好嗎？

「我從之前就很在意了。王城時常安排嚴謹的維安體制，終焉教團的殺手是如何潛入的。」

身在王城，亞爾奎娜二度遭受終焉教團的殺手襲擊。

第一次是王都大為騷動時趁亂進行。第二次是我們前往王城參觀當天，亞爾奎娜和緹亞等人入浴的時候。

「就算第一次趁亂而為，第二次就不同了。當時知道亞爾奎娜在洗澡的，只有待在房間裡的人而已。然而那個隊員卻知道亞爾奎娜人在浴室。」

「…………」

「然後……那個場合並沒有人可能和那名隊員接觸，傳達情報。古菈蒂亞小姐，除了妳以外呢。」

古菈蒂亞小姐垂首，沒有開口。沉默表示否定或者肯定，自不用說。

亞爾奎娜顫抖的手抓緊我的背。緹亞與露比屏息，雷歐與亞邁傑大為震驚。

「……真是的，盧克斯先生，沒想到偏偏會被你察覺哦。果然不管用上任何手段，應該要最先殺了你。」

漫長的沉默以後，開口的古菈蒂亞小姐臉上浮現不尋常的憤怒與明確的殺意。那股壓力令人不禁想後退，但我背後還有必須守護的人們，便憑著毅力撐住了。

「真、真的……真的是古菈蒂亞小姐想對我……？為什麼要做這種事情？」

亞爾奎娜悲痛欲絕的叫聲響徹走廊。

「是的，沒有錯哦。一切都是為了拯救您哦，公主殿下。把您從背負的愚蠢命運當中解放。那就是我的職責。」

以摻雜悲痛的聲音說明，古菈蒂亞小姐拿好劍，後面的部下們也跟著站到她旁邊。不知不覺間，背後也有手持武器的隊員站立。

「唉……話說回來那個女人也挺沒用的呢。嘴上說想殺了公主殿下，卻連一個傷口都沒留下。」

「那個女人，難不成指艾瑪克蘿芙老師嗎？」

「呵呵，還稱呼那個背叛者老師呢。難道盧克斯先生被那女人的美貌迷惑了嗎？」

「………」

「盧克斯，為什麼不說話？那裡應該好好否定才對吧？」

緹亞冷淡的目光投向我，以極為冰冷的聲音說道，但我並沒有被迷惑。只不過不想在這種緊張的狀況中回應對方的玩笑話罷了。

「反正從一開始我就無法忍受公主殿下被那個邪門外道殺掉，就別在意了。殺一個人或兩個人，事到如今也沒有差別。」

平淡談論的古菈蒂亞小姐和在王城當時判若兩人。告訴我母親的事情，或隱約表露對師傅私下懷抱的想法就像假的一樣。

「請別繼續胡扯好嗎？不會讓妳殺掉盧克斯和亞爾奎娜殿下。」

「露比說得沒錯。如果想殺害他們，首先要先踩過我們的屍體。請容我全力以赴抵抗！」

緹亞快速拔劍，冷靜宣言，露比折響手指並怒吼。雷歐與亞邁傑雖然困惑也做好戰鬥準備。

「……沒辦法了。雖然不忍心擊潰有才華的年輕人，就請各位死在這裡吧。」

呼應古菈蒂亞小姐的話，部下們一起拿起武器，並做好魔術的發動準備。人數是我們這裡有利，但實力差太多了。

亞爾奎娜的身體依偎過來。現在不是保留實力的時候。我把星劍指向天空——

「緹亞，交給妳防禦！」

「——好！」

霎時察覺我接下來想做什麼的緹亞背對敵人發動障蔽魔術。站在其一步遠外側的我傾注魔力，毫不遲疑地解放劍內的記憶。

「記憶解放——『與神同行的創星之夢（法布拉基爾加梅斯）』！」

星球猶如嘶吼，其光輝乃點亮絕望深淵的希望之光。

連龍亦可毀滅的黃金奔流，一口氣吞噬了包含古菈蒂亞小姐在內，於前方站成一排的王室親衛隊。奇襲且過於大膽的一擊，除了緹亞與亞爾奎娜的大家都呆滯愣在原地。

「就是現在，全速全力突破——！」

光芒減弱，眼角餘光看著化為可悲整堆瓦礫的校舍，我大喊。瞬間止住的時間動起來。緹亞等人帶著亞爾奎娜奔跑後，身後回神的隊員們幾乎同時展開攻擊。我轉身，為了守護五個人打算再次使出攻擊時——

「久等了，小盧！真虧你努力到這一步！」

隊員們一一倒地。站在那裡的是拿刀的卡蓮小姐。她已經突破鬥技場的絕命纏鬥，趕到這裡了嗎？

「公主殿下，不會讓您逃跑喔！風啊，化為劍雨貫穿敵人『疾風・劍雨』！」

「——嗚！風啊，除去吾身聚積的災厄『疾風・聖盾』！」

古菈蒂亞小姐與緹亞的風魔術衝突。儘管沒有使出全力，正面嘗到那道星擊，竟然還能起身攻過來。不愧是王室親衛隊的隊長。

「對不起，盧克斯。好不容易營造出一個機會，卻無法突破。」

「別在意。嘗到那招竟然還能起身攻來，出乎我的意料。不過卡蓮小姐已經趕到，剩下的只有古菈蒂亞小姐而已。這樣就沒事了。」

「沒有錯。這裡就交給大姊姊，大家好好休息哦！」

卡蓮小姐如此無懼地笑道。不僅連戰，又要倚靠這個人，身為男人實在無地自容，但這裡就坦率接受好意吧。不過在這之前，有件事想問清楚。

「卡蓮小姐打倒路加爾了嗎？」

「沒有。那個高大男人在那之後隨即消失無蹤了哦。看來徒有身體高大，只會出一張嘴呢。」

卡蓮小姐傻眼嚷著受不了，拿刀敲了敲肩膀。儘管承受近乎奇襲的記憶解放，語氣那麼狂妄卻立即撤退嗎？只讓人懷疑是否躲藏起來等待機會了。

「受不了……妳真的很煩人，卡蓮．弗爾修。難道妳成為公主殿下的護衛，就是預料會有這種情況嗎？」

「天曉得耶？我只不過聽從隊長的命令，什麼也不知情哦。不過隱約覺得你們還挺可疑的啦。」

卡蓮小姐說出的話出人意料，讓古菈蒂亞小姐睜大雙眼。我、亞爾奎娜和其他人也一樣。

「……這可沒料到，為什麼？」

「妳看著小亞的眼神，有時帶著殺氣呢。唉，那種時候妳也一臉痛苦，因此我半信半疑……沒想到真的會殺過來。教團——艾瑪克蘿芙．烏爾葛斯頓對妳灌輸了什麼？」

「連這件事也掌握了嗎……不過，因此我無可奉告。閃開，【亞榭爾騎士】。」

「如果想要我讓開，就用蠻力試試看啊，王室親衛隊。」

「……無可奈何呢。就讓我使出最後的手段吧。」

古菈蒂亞小姐如此說道，從胸口拿出針筒，毫不猶豫地刺向脖子。深紅的液體流竄，身體噴出災厄般的魔力。

「真是的，又是同樣的發展嗎？我已經看膩了啦。」

「妳也只有現在能這麼狂妄。來吧，用自豪的記憶解放攻擊看看。屆時妳就玩完了。」

「哼。憑藥物的力量變得挺有自信呢。我不討厭這種作法，但有點不快呢？」

顯而易見的挑撥。古菈蒂亞小姐的言行舉止只有這種含意，而卡蓮小姐一定會奉陪。我們只能屏息在一旁看著。

「那就如妳所願……記憶解放——『斬首八岐大蛇』。」

已經耳熟見慣的光景。緊接著等待的是單方面的蹂躪劇。就算古菈蒂亞小姐用藥物得到力量，這種天差地遠的差距也不可能填補——本應如此。

「那個記憶，我收下了——記憶篡奪！」

古菈蒂亞小姐的嘴角浮現無懼的笑容。唸出不平穩的禱詞，從懷中掏出短劍突刺。從短劍釋放的黑色災禍的光輝包覆神劍——

「篡奪解放——『斬首八岐大蛇』！」

古菈蒂亞小姐頭上有如鏡像般出現八把神劍。其散發出來的霸氣與卡蓮小姐的神劍同等。

「怎麼會……這樣……」

卡蓮小姐愕然呢喃。我們也因為這種不可能的狀況愣住了。而這在戰鬥當中會成為致命的空檔。

「壹之太刀【臨】。」

「大家快逃——！」

最早回神的卡蓮小姐大喊。我們只能茫然地望著被篡奪的神劍往這裡揮下一擊。

第9話　凝聚心意

由於無情釋放的神劍一擊，像破布般被打飛的我，鞭策刺痛的身體，朝懷中的亞爾奎娜搭話。

「沒事吧，亞爾奎娜？有沒有受傷？」

「沒、沒事……由於盧克斯同學出手保護，我平安無事。謝謝你。」

在古菈蒂亞小姐模仿的一擊接觸的那一刻，我抱著亞爾奎娜霎時撞破走廊的窗戶，嘗試躲避。多虧如此免於遭到直擊，但無法躲開衝擊波與瓦礫。

「那就太好了。假如亞爾奎娜有個萬一，我會被卡蓮小姐罵的。」

邊說邊拍了拍她的頭，亞爾奎娜便難為情地瞇細眼睛。倘若不是這種狀況，表情可愛到想一直盯著看。

「比、比起這個，盧克斯同學！緹亞莉絲同學他們沒事嗎？該不會被埋在瓦礫底下了吧？」

亞爾奎娜面紅耳赤地開口，視線前方是一片煙塵與散落一地的成堆瓦礫。以及現在也搖搖欲墜的校舍。假如被壓在底下，得趕緊把人救出來。

「盧克斯、亞爾奎娜殿下！太好了，都平安無事呢！」

當我思考最糟糕的事態時，看見緹亞撥開煙霧跑過來的身影。露比也跟在她身後。看來兩人都沒事。

「緹亞莉絲同學妳們也沒事，實在太好了。有沒有哪裡會痛？如果受傷了，就由我治好！」

「我們並沒有受傷，沒事的哦。比起這個，沒看見雷歐尼達斯他們，到底——？」

「哇啊啊——混帳！到底什麼情況啦？誰來說明一下！」

「冷、冷靜點，雷歐尼達斯！拜託你別動！我能體會你的心情，但是不保持安靜會死的哦？」

用手環住亞邁傑的雷歐踢開瓦礫，朝向這裡走來。豈止鮮血從頭上不斷流下，側腹還被碎瓦刺穿。老實說重傷到能站著實在奇妙。

「沒、沒事吧，雷歐尼達斯同學？我來治療，現在請立刻躺下來！」

亞爾奎娜慌張地跑到兩人身邊。看來雷歐似乎保護亞邁傑而受傷了。亞邁傑一副快哭泣的表情，拚命叫喊：「雷歐尼達斯別死！」不過當事人笑著回答：「會影響傷口，安靜點啦。」

「剩下卡蓮小姐呢。她肯定平安無事……」

不斷張望四周的緹亞開口後，半毀的校舍發出轟隆聲響倒塌了。從其中飛奔而出的卡蓮小姐在我們身旁落地。只不過她渾身是傷，用遍體鱗傷形容也不為過。

「哎呀……還真沒料到會模仿我的絕招耶。就連我也嚇一大跳，事情都被驚天動地打亂了。」

雖然卡蓮小姐如此說道，富有餘力地哈哈大笑，但她不只重重喘氣，臉上也帶著濃濃的焦躁。

「……怎麼了，卡蓮・弗爾修。身為王國最後的堡壘【亞榭爾騎士】的力量不過爾爾嗎？」

撥開漫天飛舞的煙塵，古菈蒂亞小姐踩著悠然的步伐走過來。其身體包覆以性命為代價的深紅光輝，猶如她怒火的具體化。亞爾奎娜治療雷歐的傷口，並悲哀地喊叫：

「請不要再這麼做了，古菈蒂亞小姐！這樣下去，連妳都會死掉的！」

「不，我不停。剛剛說過吧？一切都是為了拯救公主殿下。借助低賤之人的力量並非本意，即使如此我仍要將您——！」

「我也對路加爾說過，夢話是在睡著的時候說才叫夢話哦，古菈蒂亞隊長。在清醒的時候說，就只是區區戲言。那可不像是將守護王室一事視為無可動搖使命的王室親衛隊隊長的話呢。」

「【亞樹爾騎士】閉嘴！就算你們能拯救國家……也不能拯救公主……這個星球！我……要親手拯救亞爾奎娜！」

現在的古菈蒂亞小姐聽不進亞爾奎娜與卡蓮的說服。別說打消念頭，只讓激情的火焰燃燒得更旺盛。

「可惡……給我清醒點，笨蛋隊長！」

「很好，如果擋路，就從妳殺起！」

卡蓮小姐化為疾風突襲。只不過她的動作沒有往常凌厲，揮刀的速度也變慢了。那樣無法傷到現在的古菈蒂亞小姐。

「嗚……咳咳！」

幾次交鋒以後，古菈蒂亞小姐使出的一擊終於把卡蓮小姐的身體劃出一道傷。鮮血四濺。她壓著不淺的傷口，在血泊之中跪地。

「怎麼了？已經結束了？妳的任務不是守護公主殿下嗎？然後卻落得這副德性，有夠難堪。」

古菈蒂亞小姐把劍擱在卡蓮小姐的頸部，俯視她。至今以無可動搖的強大為傲的人如此輕易屈膝，這種景象令人無法置信。

「對不起，卡蓮小姐。倘若沒有保護我們，就不會演變成這種情況了……」

「什麼意思，緹亞？」

「……卡蓮小姐在剛才校舍內的那一擊挺身保護我和露比。因此才受了原本不會受的傷……」

「假如她沒有不顧自己、立刻用風魔術趕來，現在我們已經被埋在瓦礫底下了。」

在學園被評為天才的兩人悔恨又不甘心，以交雜各式各樣情感、快哭泣的表情虛弱地呢喃。動作欠缺魄力是這個原因嗎？若加上從鬥技場連戰累積的疲憊，居於劣勢也是必然。

不過卡蓮小姐絲毫沒有表露疲態，為了保護我們奮力戰鬥。我可沒有遲鈍到看見她的英姿卻沒有任何感受。

「緹亞，亞爾奎娜就拜託了。」

我輕輕推開緊緊抱住我身體的亞爾奎娜，交給緹亞。察覺我意圖的緹亞浮現擔憂的表情。

「你、你在想什麼，盧克斯同學？難道你打算和古菈蒂亞小姐戰鬥嗎？」

「沒錯，亞爾奎娜。我要阻止古菈蒂亞小姐。讓那個人停止愚蠢的妄想。」

「不、不可以，小盧！這裡就交給我，快帶小亞和大家逃走！」

卡蓮小姐咳出鮮血並大叫。分明連站起來的力量也沒有了，別胡說八道。怎麼可以讓這個人繼續戰鬥。

「盧克斯先生嗎……我對你沒有怨恨。不過為了拯救公主，要讓你死在這裡。畢竟和那個女人訂下契約了。」

「我無法原諒說出要殺掉亞爾奎娜這種蠢話的妳。」

「……很好，那就放馬過來。」

古菈蒂亞小姐舉起大劍吼道。有如呼應一般，深紅的光輝變得更強，肌膚感受到的無可動搖強者的壓力。

只不過我透過與師傅一再進行名為鍛鍊的廝殺，明白超越這種、有時甚至令人感到絕望的壓力。與那種壓力相比，這種程度沒什麼大不了。我如此說服自己，拿好星劍。

「那麼盧克斯先生……覺悟吧。」

「那是我要說的話！」

賭上彼此的信念，最後的戰鬥拉開帷幕。

＊＊＊＊

鋼鐵與鋼鐵衝突，隨著尖銳的金屬聲火花四散。其演奏的是無法相容的兩人意志與意志互相衝突的悲哀旋律。

「真是的……沒想到被比自己年幼的男生幫助的日子會到來啊。」

「十分抱歉，卡蓮小姐。倘若沒有保護我們，就不會這樣了……」

盧克斯開始戰鬥以後，緹亞莉絲隨即前往幫助膝蓋跪地、無法動彈的卡蓮。她的傷口比乍看之下嚴重，甚至令人懷疑怎麼還活著。

「不對喲。並不是緹亞莉絲妹妳們的錯哦。一切都是因為我不成熟。所以不用放在心上哦。」

「好……」

「而且多虧小亞，傷口也已經堵住了呢。如此一來我也可以回去戰鬥……不過這裡就留給小盧表現吧。」

卡蓮如此笑道，溫柔撫摸緹亞莉絲的頭。如果能因為自己的不中用消沉、哀嘆，她們日後會變得更強。總有一天會成長為自己無法相比的強大魔術師吧。守護她們直到那個時候，是長者的職責。就像過去恩師為自己做的一樣。

「先別提這個……古菈蒂亞．拜賽提到的、亞爾奎娜殿下背負的殘酷命運到底在說什麼？妳明白那個意思嗎，卡蓮．弗爾修？」

「很遺憾，露比蒂雅妹。雖然我像個無所不知的大姊姊，其實不清楚的事才多呢。因此古菈蒂亞隊長的話讓我理解的，只有那個人在終焉教團唆使之下成為敵人罷了。」

露比蒂雅的問題，讓卡蓮聳肩，以調皮的態度回答。愈全盤接受那番話，她們愈開心不起來。

「說到王室親衛隊隊長古菈蒂亞．拜賽，她相當接近英雄吧？那種人為什麼會被教團的話欺騙？」

「正確來說是差一步會成為英雄的人呢。唉，教團當中不是有個擅長花言巧語、誆騙人的天才嗎？」

「難道是……？」

「哦，緹亞莉絲妹還真敏銳呢。除了那個女人，沒有其他人能夠迷惑古菈蒂亞隊長這種正經八百的人哦。」

卡蓮眼中燃燒怒火呢喃的話，讓緹亞莉絲閉上嘴。她在暗指誰，無須多說。那個人說過心願是「重新創造灰色的世界」。盯上盧克斯的性命，甚至也想殺害亞爾奎娜，原因是為了實現願望，必須犧牲兩人嗎？

緹亞莉絲獨自潛入思考的深海，但是不曉得情況的露比蒂雅和亞邁傑等人只是徒增困惑。

「想理解敵人的想法只是浪費時間哦。比起那種事情，我們現在就保持戒備，幫小盧打氣吧。」

卡蓮補充，就像小亞那樣。正如她所說，唯有亞爾奎娜沒有加入談話，緊盯著兩人的戰鬥。

「……卡蓮小姐覺得盧克斯會贏嗎？」

「不好說呢。小盧的確很強，但說到是否能贏過現在的古菈蒂亞隊長——」

正要說出我不曉得的卡蓮，停止說話。

「阿斯特萊亞流戰技『天雷之亂花（Stella Bellows）』！」

「——嗚？」

其身與劍刃纏繞紫電的盧克斯快速到肉眼跟不上的連擊，輕易劈開古菈蒂亞深紅色的鎧甲。

「滾開！『疾風．子彈』！」

挺不住的古菈蒂亞無詠唱釋放風的子彈。而且不只一發，放出二、三發胡亂射擊。只不過高速射來的魔術，盧克斯全用星劍架開，有如回敬般釋放火焰彈之雨。

「火焰啊，化為子彈狂亂炸裂。『鬼火．火焰彈』。」

爆炸聲大範圍響起，爆炎四射。盧克斯絲毫不敢大意，緊盯眼前噴出的火柱。

「呼、呼、呼……別小看人！別以為這種水準的魔術就能擋下我！」

「我當然不那麼想哦。所以這送妳當禮物。」

如此說道的盧克斯高舉左手，平靜且嚴肅地詠唱。其口中唸出、發動的魔術為極度接近魔法的第八階梯。

「熾天之炎啊，匯集於我腳下。照耀天，焦炙地，以三個不可避之問，焚燒淨化神聖的樂園——」

比赤色更鮮紅、神紅的光輝凝聚於天空。其燦爛輝煌之光魅惑看見的人，使人分明在戰鬥當中卻渾然忘我地仰望。

「──『烏列』。」

從天空傾注於地上，制裁違背法則之人的必罰聖火。受到攻擊的古菈蒂亞的身體霎時被神之火染紅。無法慘叫，無法感嘆疼痛，也無法為自己的行為後悔。受到允許的，唯有等待己身讓淨化之火燃燒殆盡。

「簒奪解放──『斬首八岐大蛇』！」

即使如此古菈蒂亞吼叫。身體被聖罰的火炎灼燒，依然再次解放從卡蓮身上奪取的記憶之力。

「壹之太刀【臨】！」

神劍震開纏繞的火焰並劈下。盧克斯咂嘴，用黑劍擋下。

太無謀了。然而不能躲開。因為他身後有想守護的人們。

不尋常的重擊擠壓身體，傳出劇痛但無視了。鐵的味道在口中蔓延。纖維逐一斷裂的不愉快聲音傳入耳內。視野明滅不定。惡魔在耳邊呢喃：「彎下膝蓋比較輕鬆哦。」

但他的精神絕對不會受挫、屈服。

「嗚哦哦哦哦哦哦！」

盧克斯勇猛直前。匯聚的魔力集中於臂力，架開殺害大蛇的劍以後墜落於地上。隨著地鳴，煙塵飛舞，狂風席捲。

「剛才那是火焰的第八階梯魔術吧？那頂多只有【亞榭爾騎士】的隊長能用吧？」

「……盧克斯真的和我們同樣是學生嗎？就算說他是【亞榭爾騎士】的隊長，現在我或許會相信……」

眼前發生的超乎常理現象讓人跟不上理解，雷歐尼達斯與亞邁傑吐出近乎逃避現實的話。

「很遺憾，亞邁傑同學。盧克斯和我們同樣都是學園的學生哦。雖然有怕寂寞的一面，是個十分帥氣的男生。」

「我很想叫妳別放閃，不過大致上正如緹亞所說呢。盧克斯有不知世事的一面，那種地方也很可愛呢。」

「……唉，該怎麼說。打起精神來，亞邁傑。」

認識許久的兩人有些離題但確實打擊心靈的談話，讓亞邁傑重重垂下肩膀，雷歐出言安慰。

雖然他曾聽說盧克斯不尋常的力量，若冷靜思考，盧克斯可是「龍傑的英雄」梵貝爾．魯拉的兒子兼唯一的徒弟。如此一想，施展第八階梯魔術也不奇怪。亞邁傑如此說服自己，強迫自己接受現實。

「哎呀……沒想到小盧竟然強到這種地步耶。和我對打時，在王城遭受襲擊時，似乎手下留情了。」

「這也莫可奈何。先不提模擬戰，依盧克斯的立場，在王城內無法拿出真本事。應該說卡蓮小姐請學會稍微手下留情。鬧得太大，連我也無法幫妳說話了。」

「怎麼這樣？就算破壞城堡還可以修好，但是小亞沒命的話就回天乏術嘍？怎麼可能遲疑啊？」

「所以說請學會手下留情啦。」

無奈聳肩的亞爾奎娜視線回到盧克斯等人身上。

「呼……呼……呼……」

連灰燼也不留下、從這世界抹去存在的神罰之炎燎灼全身，無一處不被灼燒，古菈蒂亞依然保持人形。渴求氧氣，一再重重呼吸，立於眼前的男生與仇敵的身影重疊了。

「……可惡。」

由於使出師傅直傳的密技（火屬性第八階梯魔術），魔力見底，加上憑肉身接下神劍的愚蠢行動。甚至擋開神劍這種超出能力的事情，盧克斯付出慘痛的代價。

肌肉纖維已死，幾乎感受不到握住劍的感覺。即使如此他依然站立。

「呵呵呵。不愧是梵的徒弟。在王城隱藏實力嗎？」

「我才沒有隱藏實力。只是一般過招不用拿出真本事罷了。雖然有人在初次見面時就突然釋放必殺技啦。」

「真是的……不僅輕而易舉超越凡人累積的努力，還達到即使燃燒生命也到不了的高度。所以我才討厭天才。」

古菈蒂亞吐出抱怨，再次拿好劍。儘管氣勢減了一半，她生命的光輝依然健在。只要那股燈火沒有消失，這場戰鬥就不會落幕。

「雖然還想抱怨，很不巧地如你所見，我已經沒有時間。差不多該拉下帷幕了。」

高舉大劍的同時，第三次顯現的神話之劍。然而其劍刃與至今的迥異，散發有如太陽的赤紅光輝。

「這是我生命中真正的最後一道攻擊。倘若沒有克服，就是我的勝利。相對的如果克服，就是你贏了。只在這個世界留下大罪，我的生命會化為晨露消失吧。」

從如此表示的古菈蒂亞身上，即使對手是神也會劈開道路的覺悟與決心化為霸氣湧出。在所有人都屏息、震懾當中，唯有一個人沒有屈服。

「等一下，古菈蒂亞·拜賽。」

亞爾奎娜平靜地踏入死地，道出的言論並非平時可愛的少女那般，而是帶著猶如統治一國女王般的威嚴。

「我還有事情想問妳。」

太過自然的步伐，任誰都無法阻止。緹亞、露比、卡蓮都竭力叫喊要她回來，然而第二公主立於當作姊姊仰慕的敵人面前。

「請告訴我。我所背負的殘酷命運到底是什麼？」

「……請退下，公主殿下。」

「不，我不退！我可不想要不知道理由就被殺掉！老實告訴我，古菈蒂亞·拜賽！這並非請求，是命令。」

從威風凜凜的站姿道出的言語很平穩，即使如此也帶著身為公主不容許他人反駁的威嚴。明明正在廝殺，在場所有人都為那身影深深著迷。

「……面臨有朝一日到來的星球危機，被迫挺身而戰的『星選者』。將反抗神、弒神，帶來終焉的龍予以消滅一事。那就是公主殿下您們強制背負的命運。」

「………？」

「您的表情一頭霧水呢。也沒辦法。連我也依然抱持懷疑。所以請您只要相信這件事就好。一切都是為了拯救公主殿下。因此我會──！」

古菈蒂亞以幾乎滲血的力道緊咬嘴唇。她的臉滲出極為沉重悲壯的神色，亞爾奎娜也不禁睜大眼。

「不過請放心，公主殿下絕不會孤單一人，我也會立刻追隨您而去……！」

與接下來欲作的行動相反，她的聲音十分柔和，滿溢慈愛。

「那種事情……那種事情，我並不期盼！況且作法還如此殘酷……」

現在彷彿就要哭泣的亞爾奎娜悲慟的呢喃，讓古菈蒂亞回神，睜大雙眼。自己的所作所為白費工夫嗎？公主殿下一定可以理解。如此堅信的古菈蒂亞困惑抱頭。

「回去緹亞他們那裡，亞爾奎娜。等戰鬥結束以後再繼續聊吧。」

「盧克斯同學……」

盧克斯的語氣溫和，手輕輕放在亞爾奎娜的肩膀上。

想好好對話。這個心願無法實現，她也明白。即使如此卻無法不盼望。

不想以這種形式失去一直陪伴在身旁的珍視之人。所以亞爾奎娜站在現在也快倒下的盧克斯身邊，手交疊在劍上。

「……亞爾奎娜？」

「我也一起戰鬥。不對，請讓我戰鬥。我不會只讓盧克斯同學背負這場戰鬥的結局。」

「無論結果如何，我也一起背負。」亞爾奎娜如此說道，對盧克斯施展治癒魔術的同時，把剩餘的魔力全獻給他。

「謝謝妳，亞爾奎娜。那麼就一起讓那個人清醒過來吧。」

「——好的！」

彼此依偎，盧克斯集中精神到極限。賭上這場最後的攻防，並非只有自己的性命。因此要擠出超越全力的力量。盧克斯如此說服自己，舉劍後平靜地說道：

「「記憶解放——」」

盧克斯與亞爾奎娜的聲音重疊。

兩人將己身剩餘的魔力榨出到絲毫不剩，呼喚星劍的回憶。

遙遠的往昔。把被反抗絕對神的惡神操控、犯下弒神大罪的龍從惡夢中喚醒的女神之淚。將其於常世重現的祕技。

「簒奪解放——」

對峙的是從他者奪取的虛偽記憶，其終章。

以九道斬擊悉數砍落把星球打落到恐懼谷底的九頭龍以後，猛烈使出的殺龍一擊。

武神史上最高峰的祕劍。

金與赤的魔力席捲崩塌的校舍。

賭上彼此的性命與未來，打倒龍的兩種記憶劇烈衝突。

「——『與龍同行的女神之淚（法布拉埃梅狄斯）』。」

「——『斬首八岐大蛇與拾之太刀【終】』。」

意氣昂然地揚聲，黃金與深紅的光輝幾乎同時解放。飄浮於半空中的九把劍化為一體，成為巨劍，與半空中的星球光輝衝突，猶如壓倒性的龍之咆哮的衝擊聲響徹雲霄。

——沒想到又再次見到這股光輝。這次的容器貨真價實嗎——

切開籠罩世界的絕望，帶來光芒的希望奔流，包覆降伏邪龍的巨劍。在與太陽匹敵的灼熱面前，神鍛造的刀劍化為一體也無計可施，霎時蒸發了。

在燦爛光芒的包覆下身體灼燒，然而古菈蒂亞有所自覺，盤據內心的黑暗靜靜地消失了。

「啊啊……這就是星劍的光輝嗎？實在柔和又溫暖……就像——」

將寄宿萬物的暗影悉數照亮以後回歸虛無的光輝減弱，戰場終於迎來寂靜。此時站立的是盧克斯與亞爾奎娜兩人。宛如繪本中提到的勇者與聖女。

「那就是小盧的……星劍【安德拉斯特】的記憶解放嗎？若有那種力量，也能拯救星球——」

「——很遺憾，沒有辦法哦。就算有那道光，也無法拯救星球。」

話語從空中落下，有如打斷卡蓮一般。終焉教團最高幹部「七罪導師」之一的艾瑪克蘿芙・烏爾葛斯頓翩翩降臨，加入戰場。

「艾瑪克蘿芙老師……」

「好久不見了，盧克斯同學。真開心，你還願意叫我老師呀？」

「……妳就是灌輸古菈蒂亞小姐奇妙事情的幕後凶手吧？」

盧克斯帶著確信的問題，讓艾瑪克蘿芙露出妖豔的微笑。只不過她的視線不在盧克斯身上，而是投向趕到古菈蒂亞身邊的亞爾奎娜。

「來，那就由我代替不中用的王室親衛隊隊長大人，拉下這場狂騷劇的帷幕吧。亞爾奎娜．拉斯貝特的性命，我就收下了。」

「有我在，妳以為能辦到？」

卡蓮拖著遍體鱗傷的身體挺身而出。看著與強硬的話相反，彷彿一推就倒的她，艾瑪克蘿芙妖媚地微笑。

「呵呵呵，當然嘍。可是妳的對手不是我。有更適合的人。沒錯吧，路加爾卿？」

「——啊啊，那個男人的名字是路加爾嗎？」

再次從空中傳來威風凜凜的聲音。眾人一同仰望，站在那裡的是身穿純白長袍的亞麻色頭髮的少女。

「……妳已經逃出那個空間了啊，安卜羅茲校長。」

「最好慎選言詞哦，艾瑪克蘿芙老師。妳已經大難臨頭嘍？」

*****

新加入的演員接二連三聚集，讓好不容易變平靜的戰場再次陷入混沌。話雖如此，最想會合的安卜羅茲校長來臨，讓人十分安心。

「抱歉讓大家久等了。已經沒事了，接下來就交給我，大家好好休息吧。」

安卜羅茲校長以自信滿滿的表情晃動柔軟的胸部，咚一聲把錫杖敲向地面。常言道英雄姍姍來遲，但如果能更早一點趕到，校舍就不會被破壞得這麼嚴重，也能更早解決才對。

「安卜羅茲校長，我姑且問一下，您把路加爾卿怎麼了？確實殺掉了嗎？」

「哎呀呀，妳對夥伴說話還真過分。我留他一命了，放心吧。之後打算盤問他不少事，現在讓他乖乖待在次元的狹縫當中哦。就算希望把人還回去我也拒絕，別怪我。」

「沒那回事。要煮還是烤，都隨您喜好料理。那個蠢蛋在，只會礙事罷了。」

請隨意，艾瑪克蘿芙老師微笑說道。明明夥伴被敵人逮住，說話卻那麼惡毒，安卜羅茲校長也浮現苦笑聳肩。

「既然妳都這麼說了，那我就不客氣嘍。我也不打算明白你們的關係啦。更重要的是，艾瑪克蘿芙老師，接下來打算怎麼辦？還要繼續打嗎？」

「對，那當然。為了達成我的宿願，那裡的亞爾奎娜公主實在礙事。」

艾瑪克蘿芙邊說邊從懷中拿出戒指，套入左手。並無災厄感，甚至散發神聖的氣息。不同於古菈蒂亞小姐使用的生鏽短劍，一眼就明白是個寶物。

「怎麼會……那是王室遺失的星遺物？為什麼終焉教團的妳持有這個物品？」

亞爾奎娜邊治療古菈蒂亞小姐邊大喊。

「妳真的毫不知情呢……亞爾奎娜公主。不對，應該說不記得比較正確嗎？」

「妳……在說什麼？」

艾瑪克蘿芙老師以帶著哀愁的神色說道，嘆了口氣。不曉得那句話的意思，亞爾奎娜一片混亂。

不過在場的我們亦然。難道連當事人在不曉得的情況當中，亞爾奎娜的記憶被竄改了嗎？

「真是的……就算已經十幾年沒見面，絲毫沒有印象也挺哀傷的。不愧是世界唯一的魔法使愛梓・安卜羅茲所施展的魔術呢？」

「就算稱讚我，也不會給妳好處哦，艾瑪克蘿芙老師。歸根究柢，我原本不打算在這種場合讓亞爾奎娜和妳重逢哦？真是的，都怪妳鬧出這種事。」

儘管臉帶著笑意，身體卻散發近似殺氣的怒氣，如此靈巧的安卜羅茲校長擋在亞爾奎娜面前。

搞不懂談話的要點。這兩人到底在說什麼？

「我也妥善思考過了，校長。就是這樣，可以不要阻撓我嗎？」

「我拒絕。如果無論如何都想殺了亞爾奎娜殿下，就先打倒我吧。那也要妳有本事做到啊？」

包含當事人在內，我們的疑惑沒有得到任何解答，兩人沉默以對，看不見的戰鬥火花四濺。

「呵呵，不愧是校長。要和您對等打鬥，果然別使用這種力量比較好呢。」

「不要裝模作樣，就使出底牌啊。若不這麼做……妳真的會死哦？」

安卜羅茲校長的嘴角浮現猙獰的笑意。笑容中蘊含的磅礴殺氣讓艾瑪克蘿芙老師的額頭滲出汗水，吐了一口氣後浮現做好覺悟的表情。

「那麼我就不客氣了。記憶解放——『期盼豐饒四手女神的讚美歌（薩拉斯瓦蒂卜拉娜）』。」

天空出現無數的紅色蓮花。花瓣翩翩飛舞，在接觸地面以前，又盛開出更多花朵。

任何人都喪失言語，著迷地看著那幅光景。猶如天國般的幻想光景，同時在我眼中也有如地獄般的景象。

「碰到這種花瓣的當下，任何人一定都會變成花。來，怎麼辦，校長？您能保護好在場所有人嗎？」

艾瑪克蘿芙老師浮現無懼的笑容問道。不過安卜羅茲校長面不改色，維持輕鬆的態度。甚至拍起手來。

「嗯、嗯。不錯的伎倆呢，艾瑪克蘿芙老師。簡潔俐落，是踏實鍛鍊的證據呢。」

「……您能笑到什麼時候呢？」

「到什麼時候？這話真奇妙呢。當然會到最後啊？」

「竟敢看不起人——！」

「妳說我看不起人？這是我想說的話哦，艾瑪克蘿芙老師。記憶解放——遙遠彼方星降夜（阿斯特萊亞小夜曲）的理想鄉。」

澄澈的青空降下黑色帷幕。有如時間加速般，世界一片漆黑。那裡有無數顆燦爛的星星。這也是難以形容的幻想世界，但不同於艾瑪克蘿芙老師的招數，這是一座讓人平靜的花園。

「——傾注吧，流星。」

以堅定的聲音告知的是對艾瑪克蘿芙老師而言絕望的宣告。星星發出目眩的光輝，光速朝地表墜落。把那華麗綻放的紅色蓮花悉數貫穿，連一朵花瓣也不留，燃燒殆盡。

那幅光景實在太震撼了。

恐怕為必殺技的艾瑪克蘿芙老師的記憶解放，如此輕易地就消滅了。

「妳的底牌這樣就沒了。我再問一次。艾瑪克蘿芙・烏爾葛斯頓，妳真實的心意在何處？」

安卜羅茲校長散發豈止說謊、甚至不允許沉默的壓力。戰場上流逝著感到永恆的幾秒鐘沉默。結果艾瑪克蘿芙老師的話是——

「我真實的心意？從一開始就沒有變哦。就是殺害那裡的亞爾奎娜・拉斯貝特。把她從星球選定的垃圾命運當中解放哦。」

不可思議的是，那與古菈蒂亞小姐說明的事情完全相同。那麼為什麼艾瑪克蘿芙老師想幫助亞爾奎娜呢？

「唉……真是的。妳要相信那種蠢話到什麼時候？差不多該清醒了。那個男人字字

句句、一舉手一投足都帶著滿滿的謊言哦？差不多該發現了吧。」

「這是我想說的話哦，安卜羅茲校長。為了把這個世界從星球的支配解放，只能一度破壞。為什麼您不明白呢？」

兩人又重複意義不明的談話，但其主張為絕對不會交集的平行線。

「我從剛才就一直默默聽著，妳還真是暢所欲言。我的命運由自己決定。不需要多管閒事！」

治療完古菈蒂亞小姐的亞爾奎娜怒髮衝冠地插話。不過其主張被艾瑪克蘿芙老師正面否定了。

「不知情的小孩閉嘴。一切都是為了妳而做的哦？不需要為了星球賭上性命呀。」

「我不是問那種事！為何終焉教團的人要說『為了我』這種話，請告訴我理由！」

亞爾奎娜肩膀起伏喘氣，以悲痛的聲音叫喊。望著那樣的她，安卜羅茲校長浮現沉痛的表情垂眼，艾瑪克蘿芙老師則焦躁地重重嘆氣，並傾吐說明。

「剛才說過吧？和妳睽違十幾年重逢，不明白那個意思嗎？」

「怎麼會、難道……？不，可是絕對不可能有那種事！因為父王和母后都說那個人過世了……！」

亞爾奎娜的表情染上驚愕。緹亞等人或許想到答案，無法置信地睜大雙眼。看來在場的人只有我沒有理解狀況。

「聽好了，盧克斯。亞爾奎娜殿下是拉斯貝特王國的第二公主。也就是說當然有個第一公主。然而約十年前社會大眾得知第一公主病死了。」

「……哪門子的玩笑話？」

緹亞不用說明完畢，我也理解了。見我這個樣子，艾瑪克蘿芙老師浮現滿意的笑容，對不靈光的學生揭曉答案。

「好久不見了，亞爾奎娜。竟然忘記姊姊的長相，真是過分的妹妹。」

「騙人……絕對不可能……」

「很遺憾，我沒有說謊哦。我千真萬確、確實是妳的姊姊，拉斯貝特王國的第一公主哦。艾瑪克蘿芙．烏爾葛斯頓是假名呢。」

艾瑪克蘿芙老師一邊說明，一邊斜眼望向安卜羅茲校長。

「唉……妳真的是個多嘴的壞孩子。竟然讓我當時的努力付諸流水……看來需要處罰了？」

「呵呵，我真的很感謝您哦，安卜羅茲校長。多虧了您，才能學習到許多事情。」

「安卜羅茲校長，妳知情嗎？難道連妳也騙了我嗎？」

聽見兩人交談，亞爾奎娜當然會激動不已。縱使是往事，倘若原以為最大的靠山校長和背叛者艾瑪克蘿芙老師串通，只會讓國家陷入動搖。

「我沒有欺騙妳哦。原本第一公主──她出生時，星球告誡她是『有朝一日為世界帶來不幸之人』。因此儘管公開發表第一公主的存在，卻不曾在公開場合出席過哦。」

向緹亞詢問：「是這樣嗎？」她點頭同意。原來如此，既然是這樣，身為「拉斯貝特王立魔術學園的教師艾瑪克蘿芙．烏爾葛斯頓」生活，也沒有任何人起疑嗎？

「待在王城時的我，用常見的說法就是軟禁狀態。這個時候妳誕生了，星球告知妳是『為世界帶來光明之人』。妳明白當時我的心情嗎？」

這個世界愚蠢至極，艾瑪克蘿芙老師如此說道以後，繼續說明。她的眼神滲出憎惡與苦澀的情緒。

「因此我下定決心了哦。向虐待我們的這個垃圾世界復仇。」

「所以才要殺掉我嗎？因此才加入終焉教團嗎？我沒有盼望那種事──」

亞爾奎娜悲痛的叫聲響徹戰場。不過她的想法絕不會傳達給艾瑪克蘿芙老師。

「如果妳想阻止我……不用多說，妳也明白吧，亞爾奎娜？」

艾瑪克蘿芙老師的言外之意是只能殺了她。話中帶有殺氣與堅定的覺悟，讓亞爾奎娜被震懾以後合上嘴。

「問答就到這裡告一個段落吧。我不想繼續聽妳胡說八道。就和被捕的他一起把情報統統供出吧。」

安卜羅茲校長罕見地正經且以極為冰冷的聲音說道，拿好錫杖站在亞爾奎娜面前。魔力依然高漲，採取隨時又會釋放幻想流星群的姿勢。

「呵呵呵，不要讓我反覆說明，校長。我不會和您一起走。還有雖然並非本意，請把路加爾卿還給我。」

嘴角浮現大膽的微笑，啪嚓一聲彈響手指。

天空發生龜裂，有個高大男人從那裡掉出來。其表情充斥憤怒，傷痕累累的身體噴出紅色的蒸氣。

「哎呀……好不容易才把人捉住，卻放出來了。畢竟那個空間本身是妳做的，所以才出入自由呢。」

「為了救助亞爾奎娜等人而倉促行動的您失算了，校長。」

望著嘟囔失敗的安卜羅茲校長，艾瑪克蘿芙老師浮現如計畫中的笑容。兩人那麼悠

哉交談，讓高大男人不禁一腳踏向地面，焦躁表露無遺。

「說夠了嗎，艾瑪克蘿芙？快點殺掉公主，達成作戰。」

「幸好你很有精神，路加爾卿。雖然很想這麼做，今天就先撤退吧。」

「……妳說什麼？」

艾瑪克蘿芙老師的話，讓高大男人路加爾額頭浮現青筋。縱使不到渾身浴血的地步卻也受到不少傷害，依然戰意十足嗎？同事那種態度，使艾瑪克蘿芙老師錯愕地聳肩並嘆氣。

「唉……還問什麼。說到底，如果你好好擋下安卜羅茲校長，就不會演變成這種情況嘍？真是沒用的男人。」

「艾瑪克羅芙，混帳——咕啊！」

艾瑪克蘿芙老師在憤怒的男人想捉住領子靠近時擋開那隻手，無情地朝對方腹部使出一拳，奪走其意識。

「真是的。就是這樣，連腦漿都塞滿肌肉的人才讓人頭痛呢。盧克斯，你不可以變成那樣哦？」

「……艾瑪克蘿芙老師，妳到底是什麼人？」

「盧克斯，女人要保持神祕才魅力倍增哦。如果真的想知道……呵呵，繼續說下去會被一旁的緹亞莉絲同學責罵呢。」

「對，沒錯。請不要誘惑單純的盧克斯。否則下次一定砍了妳！」

如此說道的緹亞站到我面前，拿好發出動聽聲響抽出的劍。露比也站在她身旁。

「哎呀，受歡迎的男人真辛苦。可是這國家並非一夫多妻制，得選一個人哦？啊，不如我來當你的對象——」

「阿斯特萊亞流戰技『天灰之清火（Prometheus）』！」

緹亞打斷艾瑪克蘿芙老師，高舉白銀之劍從上往下揮。

「『寒冰・聖玫瑰』。」

從劍峰釋放火炎閃光。原本連金屬也可輕易融解的一擊，被僅彈響手指發動的冰之花不費吹灰之力消滅了。

「從外表看不出來，竟然突襲，緹亞莉絲同學的行為真卑鄙呢。女人的嫉妒很醜陋哦？」

「嫉、嫉妒？我才沒有嫉妒啦！」

「好了。緹亞莉絲同學，愉快的談話就到此為止吧。」

為了繃緊逐漸緩和的空氣，安卜羅茲校長「啪啪」地拍了拍手。不過艾瑪克蘿芙老師絲毫不理會，把無力倒下的巨大男人扛在肩上。

「那麼，雖然遺憾，也沒有達成目的，我們就先告辭了。」

「……妳以為逃得了嗎，艾瑪克蘿芙老師？」

「當然可以，妳無法追上我，原因是──」

再次彈響手指，本應被流星群燒盡的紅色蓮花出現在空中。異常的光景再度上演，連安卜羅茲校長也睜大眼睛。

「那麼各位，我就告辭了。盧克斯，近期再會。」

「等一下！我的話還沒有說完啊！」

「……亞爾奎娜，我對妳無話可說。」

艾瑪克蘿芙老師邊強硬回話邊轉身，消失在次元的狹縫間。

「怎麼這樣……等一下……！等等、等等啊，王姊！」

在帶來死亡的花瓣翩翩落下、群星落下的戰場上，亞爾奎娜悲痛的叫聲迴盪。我們只能默默聽著她的聲音。

尾聲

魔導新人祭上，襲擊拉斯貝特王立魔術學園，亞爾奎娜暗殺未遂事件以後，很快經過了一週。

盯上公主性命的，竟然是與建國以來的仇敵終焉教團聯手的王室親衛隊，這種前所未見的事情，在國民之間大為震撼，無須多言。

「我記憶中的王姊比誰都溫柔又聰明……同時也時常面帶哀愁。」

為了修繕毀壞的校舍而停班的學園，明天終於恢復上課了。在那之前，我在亞爾奎娜的傳喚下來到王城。

「可是有一天突然消失無蹤……我詢問父王和母后以後，便告知病死了。沒想到實際上還活著……」

我還無法相信，亞爾奎娜苦笑說道。這也無可奈何。倘若師傅口中已過世的親生父母出現，我也會有同樣的反應吧？

「而且偏偏還遭到校長操作記憶……看來是真的很想把那個人的存在從我的心中抹去呢。」

事件以後，安卜羅茲校長對在場所有人說明十年前曾發生何事。校長說，關於艾瑪克蘿芙·烏爾葛斯頓第一公主，對包含亞爾奎娜在內的王城所有人操作記憶，讓人自然接受她的死亡。說到為什麼做出這種事情，原因是受到陛下的請託。

「儘管違背我的意願呢。不過那孩子本來就不被允許出現在對外的場合，倘若突然離家，也只有這種辦法了啊。對不起，亞爾奎娜殿下。」

儘管艾瑪克蘿芙老師的存在被世人所知，也不能對外亮相、遭受軟禁的理由。校長說，就如她本身說明的一樣。然而僅憑區區占卜就監禁公主，再怎麼樣都太瘋狂了。

「王家所屬的占星術師的話語就是這麼有分量哦。比我的話遠遠有分量多了。」

安卜羅茲校長自嘲聳肩的身影令人印象深刻。看來王室不單只有華麗的一面。

「請放心，盧克斯同學。我不會迷惘了。如果那個人又出現在我面前……這次不會迷惘了。」

與那番話不同，亞爾奎娜的眼神動搖。我溫柔地摸了摸那幼小公主的頭。

「到時候找我來。亞爾奎娜不要獨自承擔。下次兩人一起阻止她吧。」

「……好的。謝謝你，盧克斯同學。」

「比起這個，亞爾奎娜。我們現在要去哪裡？」

我會來到王城，是因為亞爾奎娜傳喚，但是她只告知「有個人想見你」，並沒有說明內情。

「帶你前往無論如何都想見盧克斯同學一面，向你道歉和道謝的人身邊。來，我們到了哦。就在這裡。」

不斷爬樓梯，到達王城的最上層。那個人坐在前陣子我和亞爾奎娜在星空下談話的花園裡。

「久等了，古菈蒂亞小姐。我把盧克斯同學帶過來了。」

「啊……公主殿下，謝謝您。感謝你特地跑這一趟，盧克斯先生。」

補充說好久不見的那個人——古菈蒂亞小姐的口氣沒有往昔那般魄力。是我多心了嗎，她整個人也消瘦一大圈。

「是使用不合理藥物的代價。由於用藥，我幾乎失去所有魔力，現在的我沒有任何戰鬥的力量。」

「……是嗎？」

那種藥是把性命轉換為魔力的物品。若在那種狀態奪走卡蓮小姐的記憶解放以後使用，成為屍體也不在話下。

「應該說如果當時公主殿下不治療，我就不在這裡了。就我而言那樣比較好……」

「真是的！我說過好幾次，不要再說那種話了，古菈蒂亞小姐！不管誰有意見，我都希望妳活下來啊！」

「啊，是呀……十分抱歉，公主殿下。」

古菈蒂亞小姐如此說道，浮現自嘲的笑容。不過她的臉滿滿滲出對自己犯下的大罪的糾結。

附帶一提，王室親衛隊因為包含古菈蒂亞小姐在內大多數成員不可能回到第一線，暫時解散了。直到體制重整為止的期間，王城的維安由王國魔術師團攬下，王室的護衛則由卡蓮小姐等人的【亞榭爾騎士】負責。

說到關鍵的處置，其後的調查加上亞爾奎娜的請求，古菈蒂亞小姐以軟禁在王城的形式處理。其他隊員們也比照辦理，受到相對輕微的處分。

「包含古菈蒂亞隊長在內的王室親衛隊的隊員們，被某個人施加『殺害公主是拯救星球唯一的方法』暗示。而且還是在無意識當中深入意識，以避免感到異狀呢。」

由於這種暗示，古菈蒂亞小姐等人才會失控，安卜羅茲校長如此說明。她也說，施加暗示的人並非艾瑪克蘿芙老師。

「盧克斯先生，我要鄭重向你道歉與感謝。倘若沒有你，現在公主就……真的十分感謝。還有，對不起。」

「不，我沒做什麼……結果守護亞爾奎娜的是卡蓮小姐和安卜羅茲校長……」

「你一直保護著公主殿下，比起王室親衛隊隊長的我更適合擔任她的護衛。要不要直接成為公主殿下專屬的騎士呢？」

古菈蒂亞小姐出乎意料的提議讓我不禁露出苦笑。一旁的亞爾奎娜不知為何雙頰變得緋紅。

「哈哈哈，這提議令人感激，請讓我鄭重拒絕。現在的我而言，擔任亞爾奎娜的騎士負擔太大了。況且──」

「──待在自己身邊，反而會讓我遭到危險。你是這個意思吧，盧克斯同學？」

「……正確答案。」

我婉拒以後，這次亞爾奎娜鬧彆扭地鼓起臉頰。然而終焉教團盯上我也是不爭的事實。我這種狀態卻擔任公主的護衛，可就本末倒置了。

「如果盧克斯同學要說這種話，你不就變得非得在遠離人煙的場所隱居不可了嗎？打算年紀輕輕就過著這種仙人般的生活嗎？」

「不，我沒有那種打算……」

「而且我也不想一直受到保護！以後我也要戰鬥。所以盧克斯同學，請收我當徒弟！」

「……什麼？」

這名公主殿下怎麼突然語出驚人？古菈蒂亞小姐也傻眼──並沒有。甚至覺得是個好主意，點頭贊成。

「這次的事件讓我痛切感受。我很弱小。不過我討厭這樣的自己！所以盧克斯同學，請教我戰鬥的方法！」

亞爾奎娜朝我低頭拜託。我還不成熟，無法教導、引導他人，況且本來她可是連我的垃圾師傅都撒手不想管了。根本不可能學會戰鬥的方法——

「呵呵呵，請放心吧，盧克斯同學。我可不會一直兩手空空。由於這次的事件，父王給了我這個！」

噹噹——伴隨神祕的效果音，亞爾奎娜不知從何處拿出一把短劍。

「這和那個人偷走的戒指具有同等力量，是王室代代相傳的寶劍。如果能引出這股力量……我也可以戰鬥！」

「不對，如果是這麼回事，不要找我，拜託卡蓮小姐不是更好……唔？」

說完以前，亞爾奎娜手指抵住我的嘴唇。

「很遺憾，盧克斯同學，你沒有權利拒絕。這是身為拉斯貝特王國第二公主的命令。」

「喂喂，開玩笑的吧？」

「呵呵。不是玩笑話哦。畢竟也得到父王……陛下的允許了。如果拒絕，會有什麼下場……你明白吧？」

不行，快想辦法治治這個王室啊。話雖如此，看來我沒有權利拒絕，這個時候只得乖乖點頭同意了。真是的，我身邊的女生們為什麼各個都如此強勢啊？

「我知道了。既然退路完全被堵住，就沒辦法了。只不過我可不曉得引出寶劍力量的修行方法哦？妳要明白這一點哦？」

「好！那方面我會讓卡蓮小姐指導，沒有問題！」

「我當師傅沒有意義吧？」

「真是的……盧克斯同學好遲鈍呢。我會拜託你，當然是為了想多和你相處啊。」

亞爾奎娜身體忸忸怩怩，難為情地說道。嗯，百分之百是玩笑話吧。不可以當真，不可以探究。

「呵呵……受歡迎的男生真的很辛苦呢，盧克斯先生。就好像看到年輕時的梵一樣。」

「那樣……值得高興嗎，古菈蒂亞小姐？」

「那當然嘍，我可不認識比那個男人更好的男人。你也受到他的遺傳，不愧是有血緣關係的親子。」

「……我該坦率感到開心嗎？好複雜。」

我只能注意避免成為像那個人一樣沒用的大人。

「好了，盧克斯同學。就先聊到這裡，趕緊準備上課吧！為了準備，首先要去買東西！」

「為什麼會變成那樣？」

「說起來，還沒有說明呢。我從明天起就要正式在學園念書。因應這種情況，以後我也要在盧克斯同學等人居住的東宿舍生活了！」

雖然亞爾奎娜說，因此要做許多準備，但老實說我的思緒跟不上。而且還是第一次聽到正式成為同學這件事。

「畢竟王城內部是這種狀態呢。安卜羅茲校長就在身邊的學園現在最安全，這是結論。因此以後請你多多指教嘍，盧克斯同學！」

一波未平，一波又起，如果說出口似乎會受亞爾奎娜責罵，但以後一定會更熱鬧。

尤其不曉得緹亞聽見收徒弟會怎麼樣。嗯，我不想思考。

「盧克斯同學，儘管發生了許多事，我要重聲一次，以後請你多多指教！」

被毫無陰霾，有如盛開花朵的可愛笑容如此一說，我一邊思考對兩名千金的說詞，一邊為難地點頭。

後記

好久不見，我是雨音惠。

感謝您購買本作《被師傅強押債務的我，和美女千金們在魔術學園大開無雙。2》。

一回神，從第一集上市後已經超過半年，絕對不是沉迷於惡○古堡4重製版或王○之淚或F○16。真的，請相信我。

這次的頁數同樣有限制，趕緊照慣例（？）稍微爆個雷，並聊聊寫作背後的事（應該沒多少人會從後記開始閱讀吧？）。

從前一集擔任責編的N是個有趣的人，每次開會的時間都會不小心變長。

責N：「這次加入洗澡劇情和毛茸茸睡衣女生聚會的二段式劇情吧！」

雨音：「好棒哦！我會全力書寫！」

責N：「還有我從第一集就這麼想了，雷歐和亞邁傑的互動真棒耶！」

雨音：「謝謝。」

責N：「很方便妄想（欸嘿嘿）。」

（移開目光）就是這麼回事，這次也有洗澡劇情，敬請安心。彩頁中會有緹亞令人害羞的模樣……？

接下來是謝詞。

擔任插畫的夕薙老師。感謝您百忙之中在第一集之後繼續擔任插畫！新角色亞爾奎娜和卡蓮都好可愛、威風凜凜且強大，和想像中的一樣。

各位讀者。從第一集上市以後，抱歉讓大家等了這麼久。請多多支持盧克斯、緹亞以及新加入的亞爾奎娜的故事。

還有參與本書出版的許多人士，在此獻上誠摯的感謝。

雖然是個慣例，最後有一個請求。

將購買報告、閱讀本書的感想上傳到社群網站，或是寫粉絲信到出版社，倘若你們以任何形式支持，將成為本作的力量，敬請拜託了！

那麼，這次就聊到這裡。期盼第三集再和各位相會。

雨音惠

國家圖書館出版品預行編目(CIP)資料

被師傅強押債務的我,和美女千金們在魔術學園大開無雙。 / 雨音惠作 ; 黃品玟譯. -- 初版. -- 臺北市 : 臺灣角川股份有限公司, 2024.05-
冊 ; 公分. -- (Kadokawa fantastic novels)
譯自 : 師匠に借金を押し付けられた俺、美人令嬢たちと魔術 園で無双します。
ISBN 978-626-378-931-9(第2冊 : 平裝)

861.57 113003081

Kadokawa Fantastic Novels

被師傅強押債務的我，和美女千金們在魔術學園大開無雙。 2

（原著名：師匠に借金を押し付けられた俺、美人令嬢たちと魔術学園で無双します。 2）

2024年5月22日　初版第1刷發行

作　　者：雨音惠
插　　畫：夕薙
譯　　者：黃品玟

發 行 人：台灣角川股份有限公司
總　　監：呂慧君
總 編 輯：蔡佩芬
主　　編：林秀儒
編　　輯：楊芫青
設計指導：陳晞叡
美術設計：黃永漢
印　　務：李明修（主任）、張加恩（主任）、張凱棋、潘尚琪

發 行 所：台灣角川股份有限公司
地　　址：104台北市中山區松江路223號3樓
電　　話：（02）2515-3000
傳　　真：（02）2515-0033
網　　址：www.kadokawa.com.tw
劃撥帳戶：台灣角川股份有限公司
劃撥帳號：19487412
法律顧問：有澤法律事務所
製　　版：巨茂科技印刷有限公司
ISBN：978-626-378-931-9